追放
悪役令嬢の
旦那様
7

主な登場人物
ユーフラン
王太子や公爵家令息たちのパシリだった伯爵家出身の青年。王太子に婚約破棄されたエラーナと「交際0日結婚」をした。現在は緑竜セルジジオスの貴族。
エラーナ（ラナ）
才色兼備の公爵令嬢だったが、王太子から婚約破棄され、ユーフランと結婚。実は前世の記憶持ちで、その知識を使って便利な道具を提案している。
ファーラ
養護施設から連れてきた少女。竜力を遮断してしまう加護なしの体質だが、『聖なる輝き』を持つ者に覚醒。

テリサ・
ヨーテン
『黄竜メシレジンス』の
侯爵令嬢。お淑やかで
穏やかな性格。クラー
クに陶酔しており、彼
の思想に救われた一人。
クラーク・
メシレジンス
『黄竜メシレジンス』の
王太子。自由を愛する
フランのトラウマ。
エリリエ・
ディバルディオス
『紫竜ディバルディオ
ス』の国王の妹で、クラ
ークの婚約者。現在次期
王妃として花嫁修業中。

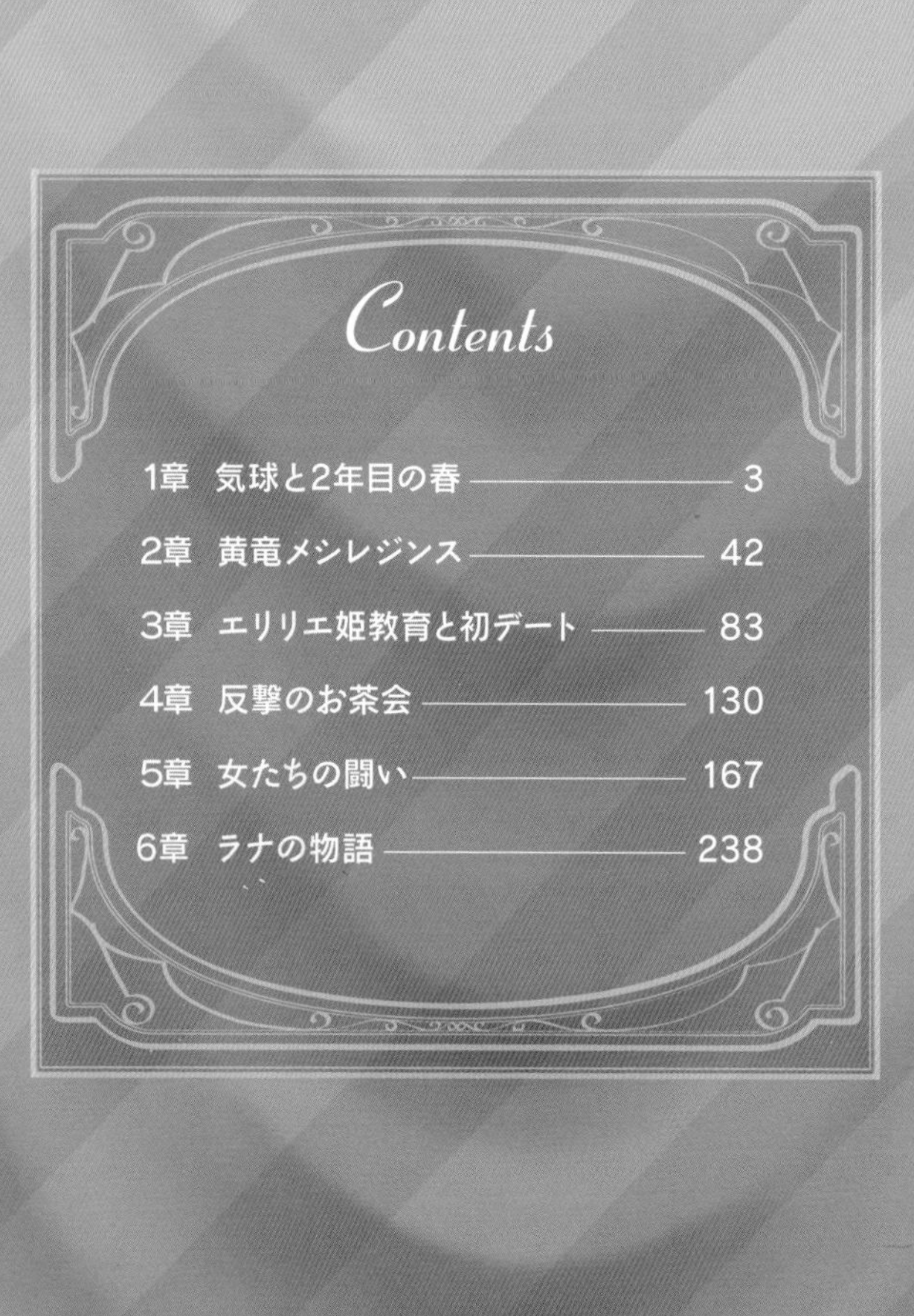

Contents

古森きり

イラスト
ゆき哉

1章　気球と2年目の春

うーん、と背伸びをしてすっかり晴れた空を見上げる。

ラナと共に『青竜アルセジオス』を追放されて、1年と1カ月が経った。

改めてラナの適応能力の高さには驚かされる。貴族令嬢が1年、平民としてしっかり過ごし、なんならその能力の高さから隣国で爵位まで取得してしまった。すごすぎん？

なんかもう、貴族は血の貴さではなく、能力で定められるって証明した感じだよね。

「ユーフランお兄ちゃん！　見て、あたしが作ったのよ！」

「へえ、すごいじゃん。苦手って言ってた割に、もうすっかり料理上手になってきたねぇ、クオン。見た目は完璧だね」

「えへへ！　まぁね」

畜舎掃除もあらかた終わり、水でも飲もうかと家の井戸近くまで来ると、クオンが大きなバスケットを持ってきた。

中にはサンドイッチがたくさん詰まっている。全部クオンが作ったわけではないだろうが、色とりどりでとても美味しそう。

「1つ食べていい？」と聞くと胸を張って「どうぞ！」と勧められるので卵サンドを頂いた。

うーん、このマヨネーズと絡めてぐちゃぐちゃにしたペースト状の中身が、まさかこんなに美味しいとは。

ラナがいきなり茹で卵をみじん切りにして、マヨネーズと混ぜ始めた時は「どうしたどうした」と心配したものだけれど……。

やはりラナが作ったものはハズレがないな。ふかっふかの小麦パンに挟むことで、小麦の風味と香りも加わり視覚、味覚、嗅覚で楽しめる。

量もいい。片手で気軽に食べられるし、足りなければもう1つ、もう1つ、と調整ができる。

なにより、クオンが俺の食べる姿に嬉しそうな笑顔を浮かべているのがいい。

シータルに嗅ぎつけられたら、チーズの挟まっているサンドイッチは軒並み食い尽くされそうだけど、よく見るとチーズが使われているサンドイッチは1つもない？

「うん、美味しかった。ご馳走様、クオン」

「もういいの？」

「このあと色々やることもあるし、あまり満腹にはできないから」

「そっかあ……」

「クオンたちが食べなよ。成長期はたくさん食べてたくさん遊んで、たくさん寝ないとね」

「ダ、ダメー！　このあとお勉強なの！　お腹いっぱいになったら眠くなっちゃう」

「そっかぁ」

思わずにっこりしてしまう。クオンは勉強も頑張ってるんだな。

頭を撫でて褒めると、嬉しそうに目を細めてからハッとした表情。そこからさらにズーン、と落ち込んでしまう。なぜ。

「でも、ニータンには追いつけないの。計算の問題、すごいのよ。1人だけかけ算をやってるの。あたしたちはまだ足し算だけなのに」

「へえ、すごいね？」

「そうでしょ!?　文字の読み書きも完璧なのよ！　レグルスお姉さんが『これなら商会の事務仕事をさせてもいいかもネ』って言ってたの！　割り算ができるようになったら、お金の管理も手伝わせるって！　そしたら！　……そしたら、ニータンだけ町に行くよね？　あたしはまだ縫い物も織物も、上手くできないのに……」

ほおお、と感心してしまった。なんと、ニータンは俺の知らぬ間にそこまで勉強が進んでいたらしい。と、いうのも俺たちが『紫竜ディバルディオス』や『青竜アルセジオス』に行っていた間、冬で動物の世話以外がなかったこともあり、その他の時間をほぼ勉強に費やしていたというのだ。

俺たちが支払った給金も本を買うのに使ったそうで、レグルスとグライスさんがあまりの勉強熱心さにニータン専用の本棚を買い与えていたほど。なにそれ俺も知らない。

算数以外にも礼儀作法も独学で取り入れ始め、少し難易度の高い文章も読めるようになってきたそうだ。今の時点で下級貴族の子息の付き人などにしても、差し支えないレベル。

孤児がここまでの教養を身につけているとなると、レグルスが養子にして貴族学園に入れるのもアリかもしれないだろうなぁ。

レグルス、この儲けっぷりを見るに爵位を賜る話はすでに出てるだろうし。

しかし、そうなるとクオンの恋は遠のいてしまう。

レグルスが爵位を賜り、その養子にニータンが迎えられたなら近く貴族学園に通うこともありえる。そこでどこぞのご令嬢の目に留まれば、貴族令嬢がニータン――レグルスの家に嫁いでくることになるのだ。

レグルスがこのまま商人として、貴族としてやっていくのであれば二代目にも優秀な人材が必要。ニータンはレグルスの跡を継ぐ才能が、十分ある。『緑竜セルジジオス』の貴族も成り上がりとはいえ、レグルスの手腕は知っているはずだし無碍な目には遭わないだろう。

むしろそこそこ出世株。学園で条件のいいご令嬢に出会い、婚約すればクオンは――。

個人的にはクオンに頑張って欲しいけど、結構、俺の思っていた以上にニータンが優秀。

クオン自身もそれが分かっているから、複雑なのだ。

「ねえ、ユーお兄ちゃん、どうしたらニータンみたいに町で働けるかな？」

「うーん、そうだな……」

クオンが町で働くなら、針子になるか染物職人になるか。見目を整えてどこかの貴族の目に留まれば、養女になるのも夢ではないだろうけれど——さすがにそれは夢を見すぎだからな。

現実的な方法は、ニータンのように勉強を頑張り、淑女教育をラナやおば様に学んでレグルスの養女になる、とか？

いや、ニータンと結ばれたいなら俺たちかクーロウさんの家の養女の方がいいのかな？

まあ、そもそも貴族の養子になる云々は勝手に考えてるだけ、レグルスが本当にニータンを養子に入れるかは分からんけれど。

現実問題としてクオンが町で働くのなら——。

「針子と染物職人のどちらかが現実的かなって、俺は思うんだけど……クオンは他になにかなりたいものはある？」

「わ、分かんない。でも、なるなら針子になりたい」

「うん。いいんじゃない？　針子になれば町で働けるだろうし」

「ほ、本当!?」

「本当。デザインの勉強もすれば、王都の貴族街にある店舗で働くことも夢じゃないね」

「王都で針子！」

「うん。王都ならドレスを発注する貴族が多いからね。流行りのドレスを作れる針子は令嬢に人気だもん。腕を磨けば、王都の店に紹介してもらえると思うよ」

染物や刺繍の経験もあるし、もっと衣服に関する勉強をし続ければ、きっと自分の店だって持てるんじゃないだろうか？

貴族御用達になれば、ニータンとも結婚できると思うよ。

「うん、分かった！　あたし、王都で働けるような針子を目指す！」

「うん、頑張れ」

「うん！」

……しかし、いよいよアルに可能性がないなぁ。アル自身、自分の気持ちにいまいち自覚もなさそうだし。

まあ、それならもうそういうもんだと思うしかないかもね。だってクオンの方がニータンと一緒にいるために頑張ってるもん。頑張ってる方を応援したくなるのは仕方ないよね？

「さてと」

腹も満ちたし、道の反対側に建設中のお屋敷——の、横にある仮小屋の前で大きなテーブルを囲む人々のところへ合流する。

テーブルを囲むのはラナとレグルス、クーロウさんとグライスさんとカールレート兄さん。

そして『緑竜セルジジオス』の王都から派遣されてきた文官とその護衛の武官。

文官は偉そうな若い眼鏡の男で、コメット・クリファ。銀の長い髪を後ろで1つに結い、左側に垂らしている。神経質そうな見た目通り、真面目で融通が利かない。

もう1人はコメットの双子の弟だというユージーン・クリファ。顔立ちはコメットとそっくりだが武官なだけあっていい体格をしている。

性格も『緑竜セルジジオス』人らしく、陽気で適当。生真面目で融通の利かない神経質な双子の兄、コメットと俺たちとのいいクッション役になっている。

俺はどっちもあんまり好きなタイプではないのだが……神経質な兄と陽気な弟って、グライスさんとレグルスで間に合っているんだけどね？

まあ、グライスさんとレグルスは双子じゃないから全然似てないけれど。……っていうかあの2人は血の繋がりがあるっていうのが驚きだけどね。

「遅いぞ、ユーフラン・ライヴァーグ」

「すーいませーん。牧場の方の仕事もやらなきゃいけないんで～」

「フン……！」

「まあまあ、揃ったんだからいいだろう」

と、こうしていつもピリピリしているコメットさんを、ユージーンさんが諫めてくれる。

コメットさん、グライスさんよりイライラしてて生きづらそうだよね。

さて、そんな困ったコメットさんだが、この人はラナがレグルス、グライスさん、クーロウさん、おじ様と共同で『気球』の企画書をゲルマン陛下に提出したために、ここに来た人だ。

ちょうどロザリー姫もうちの炭酸温泉をお気に召し、このあたりに別荘を建てるなどと言い出していたので、『緑竜セルジジオス』の王都『ハルジオン』から派遣されてきている。

気球の開発が主な目的で、ユージーンさんはコメットさんの護衛の役割が大きい。

2人とも建築は専門外。ロザリー姫の別荘の方は、王都から選りすぐりの大工が材料と一緒に来るらしい。まあ、王族の別荘ともなると年単位で建設されるだろうから、放っておいて勝手に頑張ってもらいましょう。

それよりも『緑竜セルジジオス』の王家別荘が国境の側にできることに、『青竜アルセジオス』側はなにも言わないんだろうか？

『黒竜ブラクジリオス』の方も最近国境付近に村が建設される動きがある。表向きはトワイライト王子の婚約につき、『緑竜セルジジオス』との国境に祝いの町を作る——という名目。でもそれならなにも『緑竜セルジジオス』と『青竜アルセジオス』との国境に作る必要はないだろう。完全にこの付近に『緑竜セルジジオス』王家が別荘を建てると決まったから、牽制だろう。国境沿いに王家が別荘を持つと決まれば、他国も同じようにその付近に別荘を建てるのは外交的に正しい。

はっ！　いっそもっと発展させれば、国のもっと偉い人が常駐せざるをえなくなって町の自治権とかは国の方で管理してくれないかな⁉

そうだ、そうしたらもっと大事になるし、俺1人に町の自治権を与えるのは危険ってことになるだろう！　『青竜アルセジオス』の方——『ダガン村』が発展すればこっちまで広がってくるかもしれない。

そういえば、以前ラナがラーメンのレシピを教えた『黒竜ブラクジリオス』の『ビビゴの町』はラーメンを名物にしたことで、かなり発展したと言っていた。

名物！　名物があれば3国の国境を跨ぐような大きな町に発展も夢ではないかもしれない。って、まあそんな感じでこのコメットさんにはとても頑張ってもらわなければいけないのだが、御覧の通り俺はなぜか嫌われているんだよね。

見た目と喋り方だろう。ま、この人に嫌われたところで別に、って感じだけど。

さすがに相手が気に食わないから、仕事に私情を持ち込むってことはしないだろう。

そもそも俺、気球開発にあんまり関わらないけどね。

「さて、気球の開発だが、複数の国の竜石を嵌め込むことで国境の度に降下して竜石をつけ替える手間を省けないものか」

切り出したのはコメットさん。この人も一応竜石職人の勉強と研究をしている人なんだって。それでもなかなかぶっ飛んだことを考える。複数の国の竜石を使おうだなんて。

「そもそもあれだけ巨大な乗り物は大型竜石でなければ動かないのではないのか？」

職人としてグライスさんの意見。使用する竜石は気になるところ。

「そうでもないわ。フランが描き起こしてくれた気球の図面を見てもらえば分かると思うけれど、竜石道具としての役割は〝気球を浮かす熱の発生〟なの。構造としては大きな布の中の空気を温めて浮力を生み出し、冷やすことで地上に降りるというもの。方向も風の流れに依存するので国境を越える乗り物にするなら、それはもう別の乗り物になっちゃうわよ」

「むう……」

でもラナが構造だけでなく原理も教えてくれた。

空気というのは温めると膨張して軽くなる。その原理を利用して、卵のような形に縫い合わせた布の中の空気を竜石道具で温め、積み荷などを運送するらしい。

しかし、進行方向は風に依存するので、国境を越えた目的地に向かうには別の手段が必要となる。確かにこれは浮かんで降りる、って感じの構造なんだよな。

任意の場所に移動するなら、気球を誘導する鳥や竜馬がいればいいのではないだろうか。どうせすでに竜馬籠並みに製造費が大変なことになる予感しかしないし、王都から文官が派遣されている時点で国家事業になっているので。

コメットさんは不満そうな表情だが、構造は理解しているので「では国境を越えられる乗り物は、どんなものになる？」とラナに詰め寄った。

「近いです」

「ぐう」

ラナは俺の奥さんなので、顔も体も近づけて欲しくないんだよなぁ。なので、間に割って入って見下ろす。多分俺のこういうところが気に食わないんだろうけど、俺だって奥さんにあんなに近づかれたら面白くないわ。

「えっと、それはまた別で考えなければいけないかなって」

「でも気球自体は完成させた方がいいんじゃないかしらン。国境を越える乗り物の開発は、完成した気球をベースに行うべきヨ」

そうだそうだ。俺もレグルスに賛成。いきなり難易度の高い方より、実際作ってからどう改良するか考えるべきでしょ。功を焦りすぎなんだよ。

「コメット、俺もそう思うぜ。そもそも気球が今のところ机上の空論なんだ。国境を移動できるか以前に、布の中で空気を温めて空中に浮かぶなんて、本当にそんなことできんのかよって思うじゃん。飛ぶのかどうか確かめてからじゃないと、報告もできないぜ」

「くっ……わ、分かっている」

「では気球の作製を開始してもいいか？」

やや苛立ったようにクーロウさんがコメットさんに聞く。コメットさん、ここに来てから『国境を越える乗り物』に強いこだわりを見せている。俺たちがどんなに「気球作ってみてからにしない？」って言っても、気球で国境を越える話にすり替わる。

見かねたユージーンさんもすっかり「まず気球を完成させよう」派になるほど。

多分ゲルマン陛下的には安価な竜馬籠代わりのものを欲しがっているんだろう。まあ、あの新しいもの好きの好奇心旺盛なおっさんはただ単に新技術で造られた気球に、早く乗ってみたいって感じな気がするが。

コメットさんが『国境を越える乗り物』って言って聞かないのは、ゲルマン陛下の期待に応えようと必死なのだ。貴族らしい人ではあるよね。でも面倒くさい！

「わ、分かった。まずは組み立ててくれ」

「よーし、やっと組み立てられるぞ、お前らー！」

「「「おーーーー」」」

部品はほぼ完成していたので、クーロウさんちの職人さんたちが許可を受けて組み立てのために動き始める。お待たせしましたねって。

「で、実際どうなノ？　エラーナちゃン」

「なにが？」

「気球で国境って越えられるノ？」

「うーん、気球に推進力をつけても速度は上がらないし……えっと、なんかこう、推進力になるようなものが取りつけられる——横に長い感じにしたら空気抵抗も少ないんじゃないかしら？　でも、やっぱり気球がちゃんと完成しないと発展型は作れないわよね」

横に長い感じ、かぁ。

ってことは、やっぱりラナの前世の世界は、気球の発展型の乗り物もあるのか。すっげ。

「お前はどう思う？　奴の言う通り、竜石を取り替えることなく国境を越えられると思うか？」

っと、組み立て現場に近づいていくクーロウさんについていくコメットさんとユージーンさんから、視線を外すことなく聞いてきたグライスさん。

職人として、竜石職人技術を齧(かじ)った程度のコメットさんに色々言われるのは面白くないのだろう。……なんか初めて俺の作った竜石道具を見た時より、怒っているのが分かる。

「国境を、竜石核を替えることなく——ん～～～……」

できなくは、なさそう。俺もコメットさんたちには聞こえない声量で答えた。

ラナとレグルスまで「フランならできそう」「ヨネェ」と微笑む。どういう意味なの。

「どうやってできるんだ、そんなこと」

「んー、ラナが言っていた推進力になるエンジン部分に、5カ国分の大型竜石を埋め込めばいい。命令で国境付近になったら自動切り替えにする。問題は『紫竜ディバルディオス』かな。あの国は竜力で錬金術を使うから、竜石そのものが存在しない」

「――なるほど、『紫竜ディバルディオス』の錬金術技術でその推進力装置を作るのか。とんでもないことを考えるものだ」

あはは。でもグライスさんもだいぶ分かってきてしまってるね。

「そんな伝手、あんのかい？」

専門的なことにはあまり口を挟んでこないカールレート兄さんが小首を傾げる。

もっともな疑問だが、実はカールレート兄さんもその伝手とすでにお知り合いだ。

「デルハン先生に協力してもらえばいいんじゃない？　技術面なら間違いなく俺よりすごい人だよ」

「ああ！　あのメリンナと仲良く話していた女医さんか！　確か『紫竜ディバルディオス』の錬金術師なんだっけ」

「そう。デルハン先生に技術協力してもらう」

「でも彼女は今『青竜アルセジオス』に世話になってるんだろう？　その、どうなんだ？　いろんな権利のアレそれ的に」

「んー」

カールレート兄さんが気にするのはやはりそこだろうな。

デルハン先生は『紫竜ディバルディオス』人。そして今は『青竜アルセジオス』王家の客人。技術協力してもらうなら、『青竜アルセジオス』の王家と本人、『紫竜ディバルディオス』にも話を通さないといけない。

そうなると『緑竜セルジジオス』だけで権利を独占するのは難しくなる。

ゲルマン陛下的には、あんまり面白くないだろうな。でも気球と推進力のある高速移動可能な気球は、『緑竜セルジジオス』だけで権利を独占するのはちょっと危ないんじゃないかなぁ、とも思うんだよ。だって戦争に使おうと思ったら使えそうだもん。

逆に各国協力しあった方が、守護竜は怒らないんじゃないかなぁ、と思うんですよ。

「まあ、どっちにしてもラナの言う横に長い形？　っていうのを確認したいね」

「分かったわ！　イラスト描いてくる！」

「うん」

ラナのイラスト――ラナの前世の世界にあったという乗り物の姿。それを見て、推進力装置以外の設計図を俺が考える。気球ベースなら、素材もさして変わらないだろうし。

と、安易に思っていたのだが、仮宿舎からイラストを描いて戻ってきたラナの、そのイラストを見た俺は「んんん⁉」と顎に指をあてがい凝視してしまった。

確かに横に長いけど、物資や人間が乗るところが思っていた以上に小さい。と、いうことは結構なデカさ。思っていたよりもデカくない？

しかも、思っていたより金属加工が必要そう！　これはどちらにしても『緑竜セルジジオス』だけの技術力では無理では？

『黒竜ブラクジリオス』の鉄加工技術と、『黄竜メシレジンス』の資金援助も欲しい！

「どう⁉　自分でも今回はかなり会心の出来だと思うんだけど！」

「う、うん……推進力の部分以外はだいぶ分かりやすいけど……もしかしなくてもこれ、かなりデカい？」

「そ、そうね。実物は見たことないけれど、大きかったはずよ。飛行船っていう名前だったかしら？」

「アラァ、こんな乗り物が現存してるノ？」

「本！　ほほほ本で読んだに決まってるじゃない、レグルス！　ナンダッタカシラ……？　そ、

そうそう、『空想乗り物』とかなんとかなんとかっていう！」

前世の世界の知識だもんね。存在しない本のタイトルを即座に思いつくなんて、ラナって頭の回転が速いんだな。カッコいい……！

これからも乗り物関係はその空想の乗り物の載(の)った本で読んだってことにすればいいよね。

「なるほど。実際作ったことはないが、こんな乗り物があればいい——という空想の詰まった書物か。ドードン・トーカ著やクラーク・メシレジンス著の書籍にそんなものがあったのかもしれないな。興味深い。今度取り寄せて読んでみたい」

「オッケー、お兄のために捜(さが)しておくワ！」

「…………」

ヤバい、存在しない書籍にグライスさんが強い興味を持ってしまった！

ラナの表情が分かりやすく「ヤバい」ってなってる。でもこればっかりは俺にもどうすることもできない……！

「興味深い。本体の設計図は俺が作るから、貴様は推進力になるエンジンとかいうものを設計してくれ。お前ならやれるだろう？」

「結構な無茶ぶりだけど、まあ、やってみますよ」

「コッチの企画はまた別にまとめてゲルマン陛下に提出して許可を頂きましょウ。でないとお役人様が勝手しそうなのよネェ」

「そうだな」

「そうね」

レグルスに満場一致で賛成である。


いかにコメットさんが面倒くさいか。真面目な人だし、頑張って仕事してるのは分かるんだけど、面倒くさい。

こっちの『飛行船』は『飛行船』で企画書を提出しよう。明らかに手間の度合いが違う。詳しい部分は設計図を待って、カールレート兄さんとラナとレグルスで詰めてくれるでしょ。

「ライヴァーグさーん、お手紙だそうですよー」

「はいー？」

いつもの配達屋さんがわざわざ東区まで来てくれたのか。開発中で道もまだ整備してないのに、なにか急ぎの用事でもあったのかな？

と、声の方を見ると、葦毛の竜馬を引き連れた黒髪の騎士。顔にハーフタイプの兜を被っていて顔は分からない。っていうか、腕章……!? 『紫竜ディバルディオス』の!?

って、ことはこの人、王家の使いってこと!? は!? な、なにごと!?

「あー、えっと、ユーフラン・ライヴァーグです」

「初めまして。『紫竜ディバルディオス』エリリエ様専属護衛騎士ミナキ・ノカと申します。エリリエ様よりこちらのお手紙を預かって参りました」

「拝受します」

手紙を手渡され、封蝋（ふうろう）の家紋を見るとやはり『紫竜ディバルディオス』の紋章。

……確定である。逃げ場のない厄介（やっかい）ごとだわ、これ。

でも『紫竜ディバルディオス』の王族はみんな人が好（よ）い。厄介ごとだが、よほど困ってのことだろう。っていうか、俺たち他国の貴族なんですよ。ありなのかな、これ。

しかし受け取ったからには中身を確認しないわけにはいかない。

も、もしかしたらクラーク王子との結婚式が決まったから、その招待状とか、そんな内容かもしれないじゃん？　早すぎるけど。で、でもエリリエ姫は結婚適齢期ですしね？　もしかしたらクラーク王子が気を利かせて式を早めたのかもしれないじゃないですか！

なんて祈りを込めながら、その場で開封してみる。

『拝啓　ユーフラン・ライヴァーグ様　エラーナ・ライヴァーグ様

ご無沙汰（ぶさた）しております。わたくしのことを覚えておられるでしょうか？

エリリエ・ディバルディオスです。

実はわたくし、現在クラーク様の妻となるべく黄竜メシレジンスの王都、王宮に来ておりますの。こちらで黄竜メシレジンスの王妃として、必要な教養などを学んでおります。

しかしながら、紫竜ディバルディオスと黄竜メシレジンスは文化があまりにも異なり、わたくしは上手く馴染(なじ)めずにおります。

分かっていたこととはいえ、わたくしは覚悟が足らなかったようです。

特に、竜石道具についての勉強が必要だと痛感しております。

そこで、エラーナ様とユーフラン様に、竜石道具について教えて頂きたいとお手紙を差し上げた次第でございます。

旅費、滞在費、その他経費、すべてわたくしの方で負担致します。もちろん謝礼もお支払いしますわ。

ですので、どうかしばらくの間、わたくしの教育係を引き受けては頂けませんか?

色よいお返事をお待ちしております。

エリリエ・ディバルディオス』

「…………」

うん、思った通りだった。しんど！

しかし、これはいい逃げ口上になる。東区建設の面倒くさいところ全部みんなに押しつけて『黄竜メシレジンス』でのんびりできるよ、コレ。

でも、1つ問題がある。クラーク王子だ。絶対に会いたくない。

けど、まあ、考えようによっては大丈夫かな？

エリリエ姫がいるのは王宮の中でもクラーク王子の居住区とは別だろうし、クラーク王子がエリリエ姫に会いに来る時は事前に連絡が来るはずだから回避がしやすい！

そう、それが一番デカい。いくらあの人でも、国内の王宮で護衛監視の目がある中、婚約者に突撃訪問はしないだろう、多分！　突撃訪問でも先触れが入るだろうし！

エリリエ姫の力にはなりたいがクラーク王子には絶対会いたくない。

どちらにしてもラナには相談しなきゃいけないけれど、他の問題としてはファーラだな。『黄竜メシレジンス』にはハノン・クラリエがいるし、王都からコメットさんの護衛と称してユージーンさんの部下も10人くらい来ているから、今このあたりは比較的安全性も高い。——ユージーンさんとユージーンさんの部下が信用できるか否かは、今のところ話が別だけれど。

「お返事は今日中に頂けますでしょうか？」

「え！　ああ、ええと……ですがその、現在我々が携わっている計画は王命でもあるので、一時的でも抜けるのでしたら責任者の許可をもらわなければいけません」

「なるほど。その責任者の許可はどのぐらいで出るでしょうか？　私が許可を頂けるお手伝いを致しますので」

「え、ええと……分かりました。では──」

とはいえ、まだ他国に気球のことを知られるわけにはいかない。組み立て場には連れていけないし、牧場のカフェ店舗で待っててもらおう。

配達屋にミナキさんの案内をお願いし、責任者のコメットさんとラナに手紙を見せに行く。他の作業で散らばっていたカールレート兄さんやグライスさんやレグルスにも声をかけ、作業員を残して牧場カフェに移動した。

移動しながら手紙の内容を話しておいたおかげで、コメットさんのご機嫌が急降下している。おかげでユージーンさんがご機嫌取りに大忙しになった。すまん。でも俺のせいじゃない。

カフェに着くと、クラナがミナキさんを接客してお茶を出してくれていた。

さーて、ここからが修羅場（しゅらば）である。

「初めまして、ミナキ・ノカと申します。エラーナ・ライヴァーグ様ですね？　お手紙は読んで頂けましたでしょうか？」

「は、はい。拝読致しましたわ。ええと……こちらの殿方が、私たちが今関わっている計画の責任者、コメット・クリファ伯爵ですわ」

と、ラナが不機嫌を隠しもしないコメットさんを紹介する。いやあ、女騎士とはいえ淑女の前でそのあからさますぎる表情はどうかと思いますよ～？　大人なんだから。

「こちらとしては、発案者のライヴァーグ夫人が抜けるのはありえません」

「「ンンンッ!!」」

「？　ど、どうかしたのか？」

コメットさんが「ライヴァーグ夫人」なんて言うから、俺もラナも変な声が出たよね。どうかしたのか？　じゃ、ないですよ。あんたのせいですよ。なんていうか〝ライヴァーグ〟って、俺とラナだけの苗字だしグワーって来たんだよ！　ラナが間違いなく、俺の奥さんである——と外から来た人に認識されているっていう、この事実。圧倒的な、なんかこう、こう、いっぱいいっぱいっぱいになるっていうか！　再確認しちゃうっていうか！

「な。なんでもありませんわ。ですが、私とフラン——お、夫はエリリエ様と親交があります。今回のお話、無碍にはできません」

「ンンンンッ」

ラナ、絶対わざと言ったでしょ……!?　わざと夫って言ったでしょ！　も、もおおお！　俺のことなんかこんな喜ばせても仕方ないでしょ！　もおおおおおっ！

レグルスもやめて、そんな目で見ないでくれ。俺たちちゃんとお互いの気持ちを確認したし、お互いの両親にご挨拶もしたし両親に許可ももらってるし！

だからそんなに呆れた目で見ないで欲しい！

「ではこちらの計画を抜けるというのか!?　発案者は君たちだろう!?」

「仰ることはごもっともですが、私たちはこの計画を急ぐべきではないと思っています。少なくともコメット伯爵の今の進め方では失敗致しますわ」

「なんだと!?」

ラナさん、はっきり言っちゃった。満場一致ではあるけれど。

「最初の仕様通りにすればそもそも1週間前には組み立て作業に移れていましたわ。クーロウさんに提出して頂いたスケジュールからずれたのだって、我々の言うことをコメット伯爵がお聞き入れにならなかったからでしょう？　全部書面にまとめて王都へ報告済みですからね」

「な――!?」

ああ、さすがはラナさん。やっぱりお強！

コメットさんが驚愕の表情でラナを凝視するが、ラナは平然と「当たり前ですわ。陛下に『細かく報告を上げるように』と仰せつかっているのですから」と答える。まあ国家事業なので当たり前だ。片方の言い分ばかり信じていては、どこぞの『青竜アルセジオス』の3馬鹿公爵家令息みたいになる。

「ご安心を。陛下にはコメット伯爵が功を焦っておられるよう――と報告しておりますわ。焦らずに技術者の言うことを信じるようにして頂ければ、きっと上手くいきますわ」

「う、うぐ」

「それと、新しく企画書を作っておきましたので目を通してコメット伯爵から陛下に提出してくださいませ。こちらを見て頂ければ、私と夫がエリリエ様の下へ行く意味も理解して頂けると思いますし、ゲルマン陛下のコメット伯爵への期待は、さらに高まると思いますわ」

「な、なに⁉　いつの間に新しい企画なんて……」

ああ、なるほどね。俺がさっき言ってたこともしっかり盛り込んでくれたのね。

確かにここで『黄竜メシレジンス』と『紫竜ディバルディオス』に恩を売っておけば、『緑竜セルジジオス』優位で飛行船開発は進められるだろうね。

ラナが事前にある程度交渉しておけば、エリリエ様からデルハン先生の技術協力許可はもらえそうだし。新しいもの好きのクラーク王子は金払いいいだろうし。……ただしクラーク王子との交渉はレグルスにやってもらいたいから、レグルスも連れていきたい。切に。

「……っく」

さらりと目を通してから、コメットさんは渋々といった様子で一歩下がり「好きにしろ」と言う。各国の協力が必要というのを理解してくれたようだ。

「では、問題は『黄竜メシレジンス』までの移動ですね。急ぎのようですが、ここから『黄竜メシレジンス』まで馬車で3週間はかかるでしょう。どうしますか？」

手紙の様子を窺うに、結構切羽詰まってる感じがするので聞いてみた。俺は竜馬に乗る訓練を受けているが、ラナは普通のご令嬢。どうするんだろう？　まさか俺たちのためだけに竜馬籠を出してくれたりはしないだろう。

「それでしたら問題ありません。『黄竜メシレジンス』には宝玉竜がおります」

「え!?　王家専属の乗り物では——!?」

「エリリエ姫のためならばと、クラーク王子が貸し出してくださったのです」

マジでぇ!?　本物の竜を!?

「ね、ねえ、フラン、宝玉竜って？　竜馬とは違うの？」

「アタシも初めて聞くワ。なんか名前からしてすごそうネェ」

「ああ、まあ『黄竜メシレジンス』にだけ生息する生き物だから、知らないのが普通かな。それに、貴重な生き物だから王族しか乗るのを許されないんだ。宝玉竜って、守護竜以外で現存する本物の竜のこと」

「「「本物の竜!?」」」

みんなびっくりしてる。当たり前だけれど。

「『黄竜メシレジンス』は鉱物が多い国なんだけど、その中で大きめの宝石の原石——中でもトパーズやイエローダイヤモンド、シトリンなどに、守護竜メシレジンスが卵を産みつけることがあるんだ」

「「え!?」」

卵を産みつけられた宝石の原石は光り輝き、1カ月ほどで子竜が生まれてくる。生まれた子竜は竜石眼を持つ者を親だと思い、懐く。そのため基本的に王族にしか乗ることができないのだ。……『黄竜の眼』を持つ王族ではなく、竜石眼を持つ者なので『爪持ち』や『紫竜ディバルディオス』の貴族も当てはまるのではないだろうか。と、思ってる。

俺も本物は見たことがないけれど、の、乗れるの？　竜に？　本物の竜に!?

「でもあの、宝玉竜はメシレジンスの王族にしか懐かないのでは……？」

確かに俺も竜石眼を持っているけれども！　俺の竜石眼は『青竜アルセジオス』と『緑竜セルジジオス』のものだ。しかもラナは竜石眼を持たない普通の人。それで宝玉竜に乗れるの？

「問題ありません。連れてきた宝玉竜は人語を話す、特に賢い個体で意思疎通ができます。クラーク王子からの命を受けておりますので、最大で3人はお連れできます」

「⁉」

意思疎通が、できる⁉　守護竜が喋れるんだから、その子である宝玉竜が意思疎通できても不思議ではないけれど。

「来ているんですか？」

「森が多いのが珍しいようで、側の森を散策するとのことです」

「も、森に……」

守護竜の直系の、本物の竜相手じゃあ竜虎もファイターラビットも襲いかかるなんてできないだろう。安全といえば安全、なの、かな？

「最大3人か」

多分俺とラナ、ファーラのことだろうな。『黄竜メシレジンス』にもハノン・クラリエという『聖なる輝き』を持つ者がいるが、『聖なる輝き』を持つ者は何人いてもいいもんね。

レグルスも連れていきたいけど――。

ちらりとレグルスを見ると、首を横に振られる。だよね。コメットさんたちがいるし、気球の試運転もあるだろうし、レグルスは行けないよね。

っていうか、気球の試運転は普通に俺も参加したかったなー。参加できるかな〜？

「ファーラについてくるかどうか聞いてみる？」

「そうだね」

「……フラン、大丈夫？　『黄竜メシレジンス』よ？」

「うん。……正直絶対行きたくない」

でもラナが行くのなら行かないわけにはいかないしさ。上手く立ち回ればクラーク王子に会わなくて済むし、コメットさんに重責を丸投げして俺とラナはのんびり田舎の暮らしを満喫する、今までと同じ生活をする——みたいな。

「あの、『黄竜メシレジンス』になにか……」

「あ、ああ、いや。クラーク王子は色々、ちょっと、アレなことがありまして」

「あ、ああ。クラーク王子は、なんというか、癖（くせ）のある方ですよね」

あ、『紫竜ディバルディオス』の人から見てもちょっとアレなんだ。

「だからできればクラーク王子に会わなくて済むような……せめて事前に連絡を頂ければ、心の準備ができるといいますか」

「分かりました。クラーク王子の来訪の際は連絡を徹底させます」

「よろしくお願いします」

良かった。これなら少しは心にも余裕ができる。

「ですが、あの方は本当に自由なのでお付きの方々を容易（たやす）く撒（ま）いて突然現れたりします。そればかりは我々にはどうすることもできませんので、ご了承ください」

「ぐう……」

やっぱりー！　もう、クラーク王子のそういうところぉ……！

「では、ファーラに話を聞いてから荷物をまとめて参りますわ。出発は明日でもよろしくて？」

「かしこまりました。宝玉竜カルサイトには私から明日の出発をお伝えしておきます」

「宝玉竜様にお食事は……」

「人間が食べるものと同じものを好まれます。用意して頂けると、喜ばれると思いますよ」

「分かりました。我が店自慢の小麦パンをご用意しますわ！」

「小麦パン？」

うん、『黄竜メシレジンス』の特産品だからな、小麦。『黄竜メシレジンス』でも人気が出るだろうな。普通に美味しいし。

「ミナキ様にももちろんご馳走致しますわ！　ぜひご賞味ください！」

「は、はい。楽しみに致します」

ラナがクラナに目配せする。カウンター内にいたクラナも会話を聞いていたからドヤ顔で頷いた。なんか、ますますラナに似てきたな、クラナ。

「そうか、そういえば『黄竜メシレジンス』は小麦の本場なのよね？　じゃあエリリエ姫に頼んで『黄竜メシレジンス』にも小麦パンのお店を構えられるかも！」

さすがラナ。俺が提案するまでもなかった。でもその契約関係、レグルス抜きでやっていいんだろうか？

「アラ、それじゃあ『黄竜メシレジンス』の王都郊外にある、アタシの商会の支店を使うとイイわヨ。この間行った時、クラーク王子から王都に支店を構える許可を頂いたんだけど、現地の商会との兼ね合いで、今はまだ郊外の小さな店舗なノ。エラーナちゃんが現地に行って小麦パン屋の話を進めてくれたら、実績になって王都の物件に移動できるワ」

「現地のスタッフはレグルスの部下なの？」

「エエ。スゥリカ・トーマという女商人ヨ。アタシたちと同じ『赤竜三島ヘルディオス』出身なんだけど、なかなかの野心家なノ。だから手つかずの『黄竜メシレジンス』の支店を任せたんだけど、今言った通り現地の商会との兼ね合いで上手くいってないからイライラが溜まっているると思うのよネ。エラーナちゃんの喝でスッキリさせてあげテ」

部下の教育をラナに丸投げするんじゃないよ。って、俺は思うんだけど。

「いいわよ！『黄竜メシレジンス』はいい市場になりそうだものね」

「フフフ、そうなのヨ」

……まあ、ラナがいいなら別にいいけどね。

「じゃあ俺はファーラに話を聞いてくるね」

「ええ、お願いね、フラン」

ミナキさんの接客はラナにお任せして、俺は森で遊んでいる子どもたちを探す。お、ミケ。

「ミケ、子どもたちを見てない？　ファーラに話があるんだけど」

「にゃあん、にゃあん」

「んん？　そうなの？　分かった、行ってみるよ」

ミケが顔を向けた方向には〝強い力〟があるという。子どもたちの匂いもそっちに集中しているらしい。なんかもう嫌な予感がするんだが、じっとしていても仕方ない。

ミケも一緒に来てくれるというので、ミケの案内で東の森の奥に向かう。

「！」

木漏れ日の中で、子どもたちに囲まれて黄色い鱗に覆われた翼竜が寝そべっていた。

腹を出し、脇腹をぼりぼりかいていてなんとも……。

宝玉竜カルサイト。あ、あれが。

「あ、ユーフランお兄ちゃん！」

「にいちゃん！」

『んが？』

「え、えーと、ファーラに話があったんだけど……」

カルサイトの周りにいたのはファーラの他にシータルとアル、そしてアメリー。俺が声をかけると、カルサイトが長い首を擡(もた)げる。やる気のない顔してるなぁ。

「あたしに用事？　なぁに～？」

カルサイトの側にいたファーラが普通に近づいてくるが、他に言うことあるんじゃない？

「え、ええと、もしかしてミナキさんと一緒にいらっしゃったという、宝玉竜カルサイト様でしょうか？」

『そうだぞ』

うーん、ゆるそう。竜ってみんなゆるいのかな？　セルジジオスもゆるかったもんね。

「お食事の準備を牧場カフェの方で行っておりますので、ぜひカフェの方へ」

『おお～、ごはんはスキだぞ～』

頭を擡げたカルサイトは、嬉しそうに俺に笑いかけて——多分、笑いかけてくれていると思う——ゆっくりとその巨体を地面から持ち上げた。で、で、デカ……！

「ユーお兄ちゃん、カルさま、『黄竜メシレジンス』の竜さまなんだって。あたしたち、本物の竜さまって初めて見た！」

うんうん、それが普通だよファーラ……。

っていうか、他のみんなも本物の竜を見つけて「すっげー」で済ますんじゃないかと思ってしまう。宝玉竜は『黄竜メシレジンス』にしかいないからね？

ただ、今隣にいるミケのような竜虎、ルーシィの旦那のような竜馬など、竜の血を引く動物は多い。なので、守護竜と宝玉竜以外にも竜がいるんじゃないかって言われてるんだよね。

まあ、探そうとは思わないけれど！

「カルサイト様を見て分かるかもしれないけど、『黄竜メシレジンス』のエリリエ姫からご招待もらってるんだよね。それで、ファーラはどうする？　一緒に来る？」

「エリリエ姫!?　会いたい！」

わあ、即答。でもこれまでみたいに俺やラナを守る、とかではなく、単純にエリリエ姫のことが好きで会いたいって感じだな。

ファーラはエリリエ姫と仲いいみたいだから、これはついてくる流れかな。

「じゃあ、明日発つことになりそうだから準備しておいで」

「分かった！」

「え、ファーラまたどっか行くのかよ？」

駆け寄ってきたシータルとアルが不満げな表情。後ろからのんびり来てアメリーが「じゃあ、あたしたち、またお給金もらえるの？」と笑顔で小首を傾げた。うーーーん、あざとい。

「ただ、今回は長期になりそうだから、ファーラは向こうでしっかり淑女教育を受けてもらうかもしれないよ？」

「えっ、うっ!? そ、それは……うっ、で、でも、将来必要に、なるよね？」

「うん、そうだね」

嫌そうな顔をしているが、ファーラなりに将来のことを考えているんだな。偉い。

あと、『紫竜ディバルディオス』でダメな例を見ているしね。

「じゃあ、今回はお給金なし？」

「うーん。お給金についてはラナに相談した方がいいかな？　あんまり大金を持つと、怖い大人に襲われるかもしれないしね」

「怖い大人……」

「ごーとーとか？」

「そう。もしくは詐欺師。危ないから、レグルスの商会にお金を預けるといい。自分で持っていたいなら金庫を買って自分で管理するのもいいかもね」

だが、その話はクラナも交えてした方がいい。シータルとアルとアメリーを連れて、ファーラには一度養護施設に戻って準備を優先して欲しい。そう言うとファーラも「うん！　淑女の勉強頑張るね」と気合を入れて施設の方に駆けていった。

「ファーラ、ユーフランおにいちゃんのおとーとのこと、ほんとに好きなんだよ」
「！」
「だから最近、ご飯のあと、頭に本をのせて歩いてるんだよ〜」
「へえ〜」

俺から詳しい話はしたことないのに、ファーラは貴族に嫁ぐために必須となる教養を、1つでも多く得ようとしていたのか。

結構マジで意識しているんだな？　よ、良かったじゃん、クールガン。

となると、本格的に国境の町が発展するのは喜ばしいかもね。物理的な距離がなくなるようなもんだもんね。

は？　そんなことになるなら、お兄ちゃんは本気にならなければならんのでは？

うちの可愛いクールガンと、ファーラが結婚して幸せに暮らせる土台を、これから作るんだよ？　正直『緑竜セルジジオス』の王都『ハルジオン』から偉い人が来て全部丸投げして、俺とラナはのんびりしたいって思ってたけど——クールガンとファーラのために住みやすくて3カ国にとって益になる場所にしなければいけないんじゃない？

王都から派遣されてくる貴族が、コメットさんみたいな自国の利益しか考えない人間だったら——いや、まあ、それはそれで貴族として間違ってないんだけどさ……。

「…………」

「にいちゃん？　どーしたんだ？」

「ううん。仕事は真面目にやろうかな、って思っただけだよ」

「はあー？　そんなの当たり前だろー。おれたちでも知ってるジョーシキだぞ～」

「うん、そうだね」

シータルとアルに言われるまでもなく、その通りだ。でも、俺はラナとのんびり暮らせればそれで良かったんだよね。……ついさっきまでは。

「まあ、とりあえずエリリエ姫の依頼を頑張るとしますか」

「おう、がんばれよ！」

2章　黄竜メシレジンス

さて、翌日だ。

カルサイト様の背に乗せられ、横をミナキさんとその竜馬が飛んでいる。

ぶっちゃけ竜馬籠よりはるかに速い。ビビる。竜馬がスピードを落としたカルサイト様に、結構必死についていっているレベル。

一応人間が乗る荷台をカルサイト様が背負い、俺たちがその荷台に乗って移動するのだが、屋根がずっとガタガタする。

しかし竜馬籠で4日ほどかかった道のりが、2日か3日で辿り着きそう。

その移動中、ラナとファーラが『黄竜メシレジンス』のことを教えて欲しいとせがんできた。勉強熱心で偉いね。

というわけで『黄竜メシレジンス』について俺が知っている範囲で解説しよう。

『黄竜メシレジンス』——大陸中心部にある、『緑竜セルジジオス』に引けを取らない豊かさを誇る国。主食は小麦。一部にライス。金鉱の他にも様々な宝石の原石が産出される鉱脈を持ち、貧富の差があまりない。平民も他国の民に比べれば圧倒的に裕福だろう。

気候も温暖で過ごしやすいが、冬場は『紫竜ディバルディオス』から強風が下りてきて極寒となるそうだ。

　また、南部は夏場、『竜の遠吠え』の通り道になっている。『青竜アルセジオス』へ通過する前の、発生直後の最大威力の状態で直撃を食らうため、南部の民は夏になる少し前に中央へ移動する文化がある。

　そして小麦は育ちやすいが、他の作物はそれほど育ちがいいわけではないらしく、水源にも乏しいため他国――主に『紫竜ディバルディオス』と『青竜アルセジオス』から水を購入している、ちょっと珍しい国だ。

　世襲制の王政で、現王はクレイドル・メシレジンス国王陛下。

　クレイドル陛下は8人もの妻を娶ったが、自身の子は1人も生まれてこなかったため、王妹クラレット公爵夫人の長子、クラーク王子を養子にとった。

　クラーク王子は養子ということもあり、最初はかなり王宮で敵が多かったという。

　しかし、国王が〝種なし〟ではないか――という疑惑を拭えず、王妃たちがその後も1人も子を産まなかったため疎まれながらも成長した。

　結局王妃たちは余所から仕入れて「王の子」を産み始めたようだが、その頃にはもうクラーク王子は『黄竜の眼』を開眼していたため、不貞を働いた王妃を次々王宮から追い出していったそうだ。

ただ、そんな経緯であまり恵まれた環境で生きてきたわけではないため、護衛は常に数名つけており、自身も武に関してかなりの腕前。

ハノン・クラリエは、その護衛の中でも最古参。養子に入って間もない、一番命を狙われていた時期からクラーク王子の護衛を務めており、王妃たちが「王の子」なるモノを産み始めて拐かし、殺されそうになった時に『聖なる輝き』を持つ者として覚醒。

その後もクラーク王子の護衛として、ある種の後ろ盾を続けてきた人である。

と、いう感じで、そんな時代を経たクラーク王子が次期国王としての地位が今や揺るがない状態になった現在の『黄竜メシレジンス』は非常に落ち着いているわけだ。

「……クラーク王子ってめっちゃくっちゃ苦労している人だったのね……!?」

ここまでの説明を聞いたラナが、愕然とした顔をする。まあ、そう思いますよね。

「それじゃあなんか、フランやアレファルドに対して歪んじゃうのもなんか分かるような気がするわ～。自分の欲しかった愛情を、誰かに与えたかった人なのね～」

「……」

「あ、ご、ごめんね。だとしてもフランはトラウマなのよね」

「……うん……」

ラナの言っていることは、正しいんだろうけどね。だがそれはそれとして気持ちが悪いのだ、俺は。あの人が！

「というわけで絶対会いたくないし、なんならラナにも会って欲しくない」

「どうなのかしらね？　エリリエ姫の教育って話だから、クラーク王子に会う必要性はないと思うけど……飛行船やその他商売の話は相談したい、かも？」

「レグルスの部下がいるんでしょ？　その人に任せなよ」

そもそも王子に直通なのがおかしい。俺たち他国の末端貴族だよ？　なんでダイレクトにイケちゃうの？　おかしいよね？

それもそうね、とラナも納得してくれるのだが、そもそもそのための支店だし、そのためにレグルスが紹介してくれたんでしょ。

「それで、ここまで『黄竜メシレジンス』のことを聞いて、なにか商売に活かせそうなの？」

「うーん、小麦パン屋は固定として——そうね、結構災害が多いなら、保存食、とか？　冬が寒いなら暖房やコタツ、携帯カイロはウケがよさそうよね。でも時期ではないのよね～」

「そうだねぇ」

今は5月。これから心配なことというと、『竜の遠吠え』だろう。

けど、『竜の遠吠え』はどこの国でも問題だもんね。さすがのラナの前世の世界も、『竜の遠吠え』をなんとかする方法はないもんな？

「『竜の遠吠え』の被害を減らせるものがあればいいと思うけど、そんなものないもんね？」

「さすがに天災を消す方法はないけど、具体的にどんな対策しているのかは気になるわね」

「対策……。『青竜アルセジオス』だったら避難は必須。高台に避難して『竜の遠吠え』が過ぎるのを待つね。家は基本吹き飛ばされて、水没するから」

「家が吹き飛んで水没が確定してるの!?」

「まあ、『竜の遠吠え』なので。だって去年経験した『竜の遠吠え』は『黄竜メシレジンス』と『青竜アルセジオス』を通過したあとなのにあの威力だよ？」

「……!!　そ、そういえば……。え、『黄竜メシレジンス』を通る時、もしかしてあれよりも強烈なの？」

「うん。っていうか……去年牧場で経験した『竜の遠吠え』って『青竜アルセジオス』よりマシだったし？」

「あれで!?」

「あれで」

　思い出して頂きたい。『ダガン村』は、『黄竜メシレジンス』を横断してきたあと――勢いが『黄竜メシレジンス』より削がれた状態で、流されているのだ。

俺も『黄竜メシレジンス』の、一番威力の強い時の『竜の遠吠え』は経験がない。

ただ、『青竜アルセジオス』より強いなら、毎年の移動避難は納得。とはいえ、『黄竜メシレジンス』の民は、そりゃ毎年大変だよね。

「……それって、金属製の建物でもダメなのよね？」

「根こそぎ吹っ飛ばされるね」

「住むのつらいわね」

「うん。だから南部の民は遊牧民になっているとは聞いた」

「な、なるほどね。でも、そもそも『竜の遠吠え』って、別に海にも守護竜が棲んでいて、その竜が発生させているとかではないのよね？」

「それは聞いたことない。船も『赤竜三島ヘルディオス』に行く時にしか、乗らないしね？」

ラナは想像力たくましいなぁ。海にも守護竜が棲んでいるなんて、考えたこともなかった。

それ以前に、『竜の遠吠え』が自然災害以外の可能性なんて世界の誰も考えたことないんじゃない？　本当にすごいこと考えるな。

「海の守護竜様、ファーラは聞いたことあるよ！」

「「え!?」」

挙手したファーラ。すると得意げに人差し指を立てる。

「あのね、『赤竜三島ヘルディオス』には、ヘルディオス様とディバルディオス様とメシレジンス様とアルセジオス様とセルジジオス様とブラクジリオス様以外にも『天空竜スカイファルゼ』様と『深海竜ワダツミ』様がいるって言われていたんだよ」

「え、全然聞いたことない」

「ファーラも『緑竜セルジジオス』に来てから『天空竜スカイファルゼ』様と『深海竜ワダツミ』様がいなくて、ちょっとびっくりした。『赤竜三島ヘルディオス』は守護竜様がいっぱいいた方が嬉しいから、勝手に増やしたのかな？」

「ええ……ありえそうだけど、いいの？　それ」

「さあ～？」

しかしありえそうで怖い、はあるよね。実在するかどうかは分からないけど、ヘルディン族は大陸人が思っている以上に竜への信仰が深いんだろう。

ファーラも「何代か前の族長が声を聴いたから、新しく祀（まつ）るようになったって習ったけど、今考えるともう怪しいよね」と腕を組んで怪しいって言ってしまった。

ファーラ、本当に賢くなったね⁉　それで一気に怪しくなったもん！

「ってことはやっぱり『竜の遠吠え』への根本的な解決方法はないってことなのね」

「まあ、ないだろうね」

「なんかこう――町全体に結界みたいなのが張れるといいのかもしれないけど……どっちにしても一朝一夕でなんとかできるものじゃないものね。やっぱり暖房やコタツや携帯カイロくらいかしら？」

「まあ、寒さをしのぐものが増えること自体は『黄竜メシレジンス』国民としても嬉しいと思うよ？　寒さは深刻みたいだから。なんかもう、特に強風」

「強風か～。……台風コロッケしか浮かばないわ～」

「た、台風コロッケ？」

また知らない料理の名前が。首を傾げると「あら？　コロッケ知らない？　作ったことなかったかしら？」とラナも首を傾げる。はあ、可愛い。

ラナの上目遣い（うわめづか）いで小首傾げるのは、俺の心臓への負担が大きいのでやめて欲しい。いや、嘘、いくらでもやって頂いていいです。可愛いので。

「小麦パンを普及させるのと同時にパン粉を使うコロッケを名物にするの。問題は揚げ油かしら？」

「油？　揚げ物だったら『黄竜メシレジンス』のコーンオイルとかひまわり油とかは聞いたことあるけど」

「イケそうね」

つまり『黄竜メシレジンス』でラナの新作が食べられるんだ？　楽しみだなぁ。

『そろそろ到着するぞ』

「「もう⁉」」

カルサイト様から声をかけられて、本気で驚いた。もう着いたの⁉　出発して2日しか経ってないのに⁉　やっぱり竜すごいな！

辿り着いたのは『黄竜メシレジンス』の王都。山脈の一画を切り取り、抉れたようなところに城とその城下町が広がる。上から見た時は王都郊外を麦畑が包んでいた。一面黄色の麦畑が、風で靡いている。素直に荘厳で美しい光景だ。

城を囲う山脈の9合目あたりの広場。いや、広！

「お疲れ様です！　大丈夫ですか？」

「はい。これからどうしたらいいですか？」

竜馬から降りたミナキさんが駆け寄ってくる。ラナが今後の予定を聞くと、「お疲れとは思いますが、エリリエ姫に面会を」と勧められた。

「レグルスの部下のスゥリカさんにはいつ会いに行く？」

「エリリエ姫に挨拶してからでいいんじゃないかしら？　ミナキさん、お手数ですがレグルス商会メシレジンス支店のスゥリカさんに面会できないか連絡して頂いてもいいですか？」

「ああ、レグルスさんが仰っていましたね。分かりました、部下を走らせておきます」

しかし、気持ち的にいったん一休みしてからエリリエ姫と面会したかったな。

2日とはいえ、空なんか飛ぶ機会そうそうないし、竜に直乗（じかの）りなんてきっと二度とない。と、思う。……え？　ないよね？

「ちなみに、俺たちの衣食住に関しては――？」

「貴族街にある宿を確保してございます。ファーラ様には、可能でしたら王宮の一室に滞在して頂けたらと思うのですが……」

「お兄ちゃんとお姉ちゃんと同じところで大丈夫です！」

きっぱりと拒否するファーラに、ミナキさんが「ですよね」と苦笑い。

でもあんまり安心できないんだよね。城で淑女教育を受けるなら、それとなくお茶会とかを開催されて、『黄竜メシレジンス』の有力貴族の令息を紹介される流れが見える。

「この格好のままでいいのかしら？」

「非公式の場ですから問題ありません。……というか……」

ミナキさんの表情が曇（くも）る。言いづらそうな空気。

――ああ、これは面倒くさいことになっているな。

「直接お聞きください」

「……今のでだいたい了解しました」

「きょ、恐縮です」

案内されたのは城の北の棟の一室。多分俺がいるから、後宮ではない。俺たち部外者だしね。すぐに『紫竜ディバルディオス』装いのメイドがお茶を出してくれる。あ、『紫竜ディバルディオス』の緑茶だぁ。……うん、毒はないね。

「お待たせ致しましたぁ！」

「早い!? え、ゆっくり来て頂いても良かったんですが!?」

「そんな！　かなり無茶を申しましたのに！　来て頂いてありがとうございます！」

息切れして部屋に入ってきたのはエリリエ姫。『紫竜ディバルディオス』から連れてきた侍女が3名、エリリエ姫の背中を撫でる。なんというか、なりふり構っていられない、みたいだな。

「うっ、ううう、本当に申し訳ありませんんん……！　クラーク様から、『本当に無理なら、郊外に屋敷を建てるよ？』とまで言って頂いているんですけど、仮にも王族として育てられてきてこの体たらく……！　文化が違うのは最初から分かっていましたのに……」

「落ち着いてください、エリリエ姫。ちゃんとお話を聞きますから」

「う、ううううう」

入ってきてすぐボロボロ泣き始める。分かっていたはずだが他国に嫁ぐのは相当大変なんだな。エリリエ姫は他国に嫁ぐ予定もなかったのに、急遽クラーク王子との婚約が決まったようなものだし。

ラナがその場にしゃがみ込んだエリリエ姫を宥める。

ソファーに座らせ、お茶を飲ませて落ち着かせてからようやく話が始まった。

なんというか、再会を楽しむ暇もなかったな。

「実は……い、いえ、わたくしの見通しが甘すぎたのです……。クラーク様は素晴らしい方ですものっ。この国のご令嬢たち、城に上がるお嬢様方がクラーク様に懸想なさっているのは当たり前ですのに」

うーん、そうかなあ？　国の令嬢が全員クラーク王子を好きっていうのは酷い妄想では。

「なるほど。クラーク王子はいずれ奥方になるエリリエ姫に、この国の女性を御して欲しいのですね？　王妃として」

まあ、ここまでは想定内なので俺がエリリエ姫の言いたいことをまとめておく。

するとやはり、エリリエ姫は胸に手を当て、呼吸を落ち着けながら頷いた。

「はい……ですがわたくしはあまりにもこの国と竜石道具というものへの理解がなくて――」

あー、でも、言われてみるとそうか。エリリエ姫はティム・ルコーの婚約者で、王族の教養は身に着けただろうけれど王妃教育は受けていないんだな。

その上この国とは文化も違うしね。それならラナに声をかけたのは正解だな。

「うーん、王妃教育はメシレジンスの教育係が行ってくれると思うんですが」

「はい。クラーク様が手配してくださっています。ですが……クラーク様の義母の皆様が、側室候補をお茶会に呼んで……毎月……」

「あ〜〜〜。はい。なるほどね。はい」

了解でーす。地獄のお茶会ってことですね。

で、そのお茶会にはクラーク王子も参加する。まあ、継母(ままはは)たちの息のかかった側室を選べというお茶会なので当たり前かもしれないが。

クラーク王子も、大変だな……。同情はする。歩み寄ることはできないけれど。

で、その毎月のお茶会がいつの間にか正妃(せいひ)予定のエリリエ姫をいびる会になってるわけね。

その様子をクラーク王子は目の前で見せられて、エリリエ姫へ城に住む必要はない、と気を使ってくれている、と。はあ〜〜〜。

ラナと目を合わせる。俺たちがやるべきなのは、毎月月末に行われるそのお茶会で、エリリエ姫をそのお嬢様方に認めさせること。

今日が5月5日だから、あと25日……。なんとかできるもん？

「うーん、所作や教養は問題ないから、シンプルにエリリエ姫が舐められているのね」

「それなんとかなるものなの？」

「単純に国内――『黄竜メシレジンス』での実績がないのよ。他国の姫ならそもそも国の交流があれば相手国の顔を立てなきゃいけないけど、エリリエ姫はティム・ルコーのせいで国内外から舐められてるのね」

「ああ、なるほど」

それでなくとも結婚適齢期を過ぎている。婚約破棄自体、女性にとっては不名誉。

それを補って余りある実績があるならともかく、エリリエ姫の実績……。

「一応お伺いしますが、エリリエ姫はなにかこう、目立った実績はありますか？　ドレスのデザインや仕立てはお上手のようですが……」

「………………」

「はい、分かりました」

顔に全部出てるんだよなぁ。

「エリリエ姫がドレスを作ってあげたら、みんな喜ぶんじゃない？」

「そうね。アリだと思うわ。でも、私が考えてきた新商品も提供しましょう。フランに聞いた話を思い出すと、多分それだけじゃ弱いわ。実績はいくらあってもいいしね」

「そっか！　ファーラも手伝うことがあったらやるから言ってね！」

「ファーラは来ただけでエリリエ姫の実績だから、お茶会に参加するだけでいいかも」

「え！　そうなの？」

「そうね」

なにせ公開されたばかりの『聖なる輝き』を持つ者だ。貴族の中には知らない者もいそうなほど、新しい。そんなファーラを呼び出したのは、十分な功績になるだろう。

「じゃあ、それまで淑女の教育を教わる」

「ええ、ファーラはそうなさい。さて、私たちがエリリエ姫にやって頂きたいことは……そうね、まずはこの国のレグルス商会の商人と、私と一緒に小麦パン屋を始めましょう！　次のお茶会で小麦パンをお披露目して、この国の小麦の新しい産業にするのよ！　『紫竜ディバルディオス』にもお店を開店できたら、隣国から嫁いできた意味を広く宣伝できます。そして小麦パンを使った新メニュー、『台風コロッケ』をご紹介しましょう！」

「小麦パン屋？　台風コロッケ？」

「今からご説明しますわ！」

と言って開始されるラナのプレゼン。小麦パン屋はすでに『緑竜セルジジオス』では開店していて、支店も展開している。『黒竜ブラクジリオス』、『青竜アルセジオス』でも開店が決定しているので『黄竜メシレジンス』や『紫竜ディバルディオス』でも開店すれば全国展開になるもんね。それを最初に『黄竜メシレジンス』に呼んだのは功績になるだろう。

そして今回のラナプレゼンツ――台風コロッケ。

俺もまだ食べたことがないので、どんなものかは分からないが、小麦パンを砕いて粉末に近くした〝パン粉〟を、煮込んで柔らかくなった芋をペースト状になるまで潰し、形を整えたものに振りかけて包み、油で揚げたもの……らしい。ちょっと想像ができませんね～。

「もちろんまずは私が作ってエリリエ姫に試食して頂きますわ。酵母も持ってきていますし！」

「ま、まあ。楽しみに致しますわ」

「では、今後の方針はお茶会に向けた準備ということに致しましょう！　私たちはこのあと、レグルス商会メシレジンス支店の支店長に小麦パン屋の話をしてきますわ。開店するにしても王都内のお店との兼ね合いもあるようなので、まずは店舗の確保などをしなければいけませんし。ファーラの教育をエリリエ姫にお任せしたいので、定期的にお話に参りますわ」

「わ、分かりました。お願い致します」

うんうん、今できるのはとにかく実績を積むことだろうしね。

一応侍女の皆さんに「ちなみに、お茶会に来るご令嬢の情報は集めていますよね？」と聞くとキョトンとされてしまった。お、マジか～。情報収集しておいてくださーい。

「お茶会に来るご令嬢の情報って、どうして集めなければいけないのですか……？」

「もちろん弱み……じゃ、なくて、困っている人がいたら助けてあげられるからですよ。そうして恩を売って……あ、いいえ、信頼を得ていくんですよ」

「な、なるほど……」

エリリエ姫、ティム・ルコーのせいで、本来の貴族令嬢や王女が学ぶ〝社交〟が欠けてしまったんだなぁ……。あと、『紫竜ディバルディオス』の王族が割とゆるい。

「そういうことに特化した侍女はお連れではありませんの？」

「は、はい……」

「じゃあ、クラーク王子に相談して借りるといいと思います。竜石道具に関しても、近いうちに説明会をしましょう。予定がいい日をご連絡ください」

「分かりました。ええと……これからレグルス商会の支店に行かれるんですよね？　ファーラさんはどうされるのですか？」

あ。ラナと顔を見合わせる。確かに。ファーラも疲れているだろうし、宿で休ませたい。

でも、宿に１人にするわけにもいかないな。護衛が欲しい。しかし、国内に味方の少ないエリリエ姫の護衛を１人でも剥がすのは心苦しい。

だがクラーク王子に護衛をお願いするのは嫌だ。あの人の息のかかった人間に周りをうろうろされるのは、心休まる気がしない。

「俺が1人で行くので問題ありませんよ」

「あ、そうなのですね。急にお呼び出ししてお疲れのところ、そのまま会いに来て頂き申し訳ありません。ごゆっくりお休みください。あ、衣食住の方はわたくしがお願いしておきましたので、安心してお過ごし頂ければと思います」

「ありがとうございます」

頭を下げてソファーから立つ。ミナキさんが「ご案内致します」と扉を開けてくれた。

「フランが支店に行ってくれるの？　私が行った方が早くない？」

って、ラナは言うけどね。

「場所分かんないでしょ。女性の1人歩きは絶対ダメ」

「あ、う、うーん」

「あと、やっぱりゆっくり休んで。『紫竜ディバルディオス』の時みたいに、寝込んだら大変でしょ？　エリリエ姫に医者を頼むのもね」

「うっ！　……わ、分かったわ。今日は休むわ」

お分かりくださり助かる。

「一応なにを話すかはすり合わせておきたいんだけど、小麦パン屋を開店するように頼むのと、お茶会の時にエリリエ姫が小麦パンを提供できるように支援すること。あとコロッケっていうのを作る手伝い？」

「ええ、そうね。多分店舗の方は難しいと思うから、やって欲しいのは小麦パンとコロッケ作りの場所ね。台風コロッケは嵐の時に食べるのよ」

「なんで？」

「特に理由はないんだけど、コロッケを食べるらしいわ」

「え？　へ、へえ……？」

それは絶対ラナの前世の世界の話だよな……？　え？　理由は特にないけど、そういう風習ということ？　ふ、不思議な風習があるもんだな？

「まあ、楽しみにしていて！　コロッケは美味しいわよ〜！」

「分かった、楽しみにしてるね」

「ファーラも食べたい！」

「もちろん、ファーラにも試食してもらうわよ」

ミナキさんに案内された貴族街のお宿。ああ、これは一等宿だな。

受付で手続きして、連れていかれたのは大部屋が4部屋繋がったスイート。あ、すっげ。

「一応4部屋繋がったところを取らせて頂きました。お好きなお部屋をご利用ください」

「ありがとうございます！　素敵なお部屋ですわ」

「お食事は1階の食堂でご注文頂くか、そちらのベルで宿の者にご依頼くだされればお部屋までお持ち致します。お気軽にお申しつけください」

「分かりましたわ」

　部屋の中を見回すが、さすがに警護の面でも問題はなさそう。鍵が各部屋にあるのはもちろん、窓ガラスもカーテンの生地も分厚く、矢やナイフの一撃を防ぐのにも問題なさそう。家具も火が通りにくく加工されている。ん、いいね。

「とりあえず荷物を置いて、一休みしましょうか。ファーラ」

「うん」

「ユーフラン様は、このまま支店へ向かわれるのですか？」

「そのつもりです。ご案内願えますか？」

「かしこまりました。ではこちらです」

「あ、待って、フラン。小麦パンとコロッケの材料をメモするから、渡しておいてくれる？　準備しておいてもらいたいの」

「うん、了解」

　ラナとファーラには休んでもらい、ミナキさんに郊外まで馬車で連れていってもらった。

王都の南西にある、かなり大きな建物がレグルス商会の支店らしい。

馬車が到着すると、数名の商人が玄関の前に出てきて迎えてくれた。その真ん中にいる紅色(べにいろ)の髪を左側に結った茶色い瞳の女性。キリっと吊(つ)り上がった目に自信に満ちた表情。男のような装いの彼女が、おそらくスゥリカさんだろうな。

「初めまして！　ようこそ『黄竜メシレジンス』のレグルス商会支店へ！　あたしはここの支店を任されているスゥリカよ！　会えて嬉しいわ！」

「ユーフラン・ライヴァーグだ。よろしく」

握手を交わし、「さあ、どうぞ！」と溌剌(はつらつ)とした声で店内に招かれた。応接間に案内されて、お茶を出されるが俺まだ座ってないんだけど？

「それで!?　どんな儲け話を持ってきてくれたんだい!?」

「えー、まず3つお願いしたいことがある。1つは小麦パン屋メシレジンス支店の開店。2つ目はコロッケの開発。うちの奥さんがレシピを持っていて、それを提供するので『竜の遠吠え』の時には『台風コロッケ』として売り出して欲しいそうだ」

「台風コロッケ？　なんだい？　それ？」

「俺にもよく分からないけど、理屈というよりは販売促進のためのキャッチフレーズなんだろう。詳しいことは、後日(ごじつ)本人に聞いて欲しい」

「ふーん。なかなか面白そうじゃない。さすがはレグルス姉さんが気に入っている職人さんね！　あ、貴族様なんだっけ。ごめんなさい。ごめんなさい！」

「あ、いや──」

すごく笑顔で「ごめんなさい！」と言われてもね。うーん、完全に舐められているな。

俺はあまり気にしないし、ラナも多分気にしないだろうけれど、貴族相手にこの態度はよろしくないだろうなぁ。まして、女性だし。

貴族の男は、特に平民の女を見下す奴が多いもん。商人ならなおさら礼節はきちんとしておいた方がいい。レグルスもおじ様やカールレート兄さんに対しては敬語だよ？

貴族はプライドの高い者が多いから、この様子だとせっかくの仕事を大量に逃していそうだな～。まあ、俺がそこまで教えてやる義理はないから別にいいか。

「じゃあ、このままの話し方でいいかしら⁉　敬語苦手なのよね」

うーん、今し方そこまでしてやる義理はないと思ったが、お茶やお菓子を出してくれた若い職員の微妙な表情を見ると、周りの人たちはかなり注意を繰り返してるんだろうな。

まあ、彼女の態度で仕事を逃し、王都の城下町どころか郊外にしか店舗を持つことができなかったなら、職員たちもこんな顔になるよね。

同情はするけど、引き続き自分たちのボスのしつけは自分たちで頑張ってくださーい。

「では、話を戻すけれど」

「ええ！」

「小麦パンの材料はこちらにメモしてあるので、明日までに揃えておいてください。明日、こちらに伺って厨房をお借りし、レシピをお教えしたいと思います」

ちらり、とスゥリカを見ると、子どものような目で「うんうん」と頷いている。

いや、子どものような、というより、金の匂いを嗅ぎつけた時のラナやレグルスかな？

「明日、うちの奥さんを連れてきても問題ないだろうか？」

「ええ、もちろん！　大丈夫よ！　明日の朝10時でいいかしら!?」

「ん。では明日10時にまた伺うよ」

さて、という感じでこちらの要求は伝えたので、それに際して彼女の仕事ぶりが試される。

明日、ラナが来た時に彼女がどの程度準備を進めていてくれるかで、彼女の能力が分かるからな。レグルスが支店長に選ぶような女性だし、ほどよく期待しますか。


——というわけで、翌日。

ラナとファーラを連れて、レグルス商会メシレジンス支店にやってきた。

今日もスゥリカと数名の職員に出迎えられる。

「いらっしゃいませ！　あたしはスゥリカ！　あなたがエラーナさんね！　よろしく！」

「え？　ええ、よろしくね」

「あら、こちらはお子さん？　結構大きなお子さんがいらっしゃるのね⁉」

「「「え」」」

スゥリカに思いも寄らないことを言われて驚いた。俺たち全然似ていないと思うんだが⁉

「ち、違うわ。ファーラは『赤竜三島ヘルディオス』から保護された子よ！」

「え、きみ、あたしと同じヘルディオス出身なの⁉　マジマジ⁉　仲良くしようねー⁉」

「う、うん」

手を握り、ブンブン振るので困惑したファーラとラナが俺の方を「え？」みたいに見上げてくる。そんな目で見られましても。

「さーさー！　まずは応接室で話しましょう！　そうそう、昨日頼まれた材料は揃えておいたわ！　王都内に店舗が欲しいと言ってたから、物件をいくつかピックアップしておいたわ！　見学に行くなら不動産屋に行かなきゃいけないいから都合のいい日を教えてちょうだいね！」

まあ、あんまりいい物件はないんだけど！

応接室に着く前にだいぶ話が進んでるな。

「え？　ねえ、フラン、結構私たち舐められてる？」

「というか、こういう人なんだと思う」

「レグルスの部下にしては、ちょっと礼儀が欠けてるわね」

「うん。そう」

支店を任されたというか、左遷(させん)されたんじゃないか、って疑っちゃうよね。

っていうか、さすがのラナでもそう思ったんだ？

「あまりにも馴れ馴れしいわね。ちょっとガツンと言ってやろうかしら」

……さすがのラナでもそう思ったんだ。

「待って、材料が用意してあるなら先にパンを作るわ。コロッケもね。手伝いを頼めるかしら」

「そう？　了解よ！　えーと、じゃあ、ケイト、手伝ってあげて！」

「わ、分かりました」

ケイトさんという女性が「厨房はこちらです」と俺たちを案内してくれた。

多分手伝うつもりはないだろう、スウリカも後ろからついてくる。

厨房のテーブルには、ラナがメモした材料が揃えられていた。まあ、このくらいはできるだろうと思っていたけどね。

「それで、この材料でどうやって小麦パンってやつを作るの!?」

「まあ、黙って見ていなさいよ」

そうして開始される小麦パン作り。俺は見慣れたものだが、ここの商会の職員さんたちもスウリカもラナの手元に注目している。

「——という感じで一晩寝かせた生地がこちら。昨日宿の厨房で作らせてもらって、持ってきたものよ。こんな感じで生地は寝かせなければいけないの。あとは、これを石窯でじっくり焼きます。……けど、そうか、そういえば普通の石窯だったわね」

「普通じゃない石窯があるのかい？」

「ええ。うちにある石窯と『緑竜セルジジオス』にある小麦パン屋は、うちの旦那様が竜石道具に改良してくれているのよ」

ドヤ！　と胸を張るうちの奥さん。は？　可愛い。え？　可愛い。無理なんだが、可愛すぎて。顔がにやけるのが止められない。

「それは興味深いわ！　その石窯も竜石道具に改良してもらえないかしら⁉」

「……」

ついラナの方を確認してしまう。これ、どう答えるべき？

材料さえ用意してもらえたら改良するのは吝かではないけれど、料金はもらう？

「構わないけれど材料費と技術料は頂くわよ。フランの技術料は高いから、舐めないでね。王族からも重宝されているんだから」

「おお……！　なるほど、分かったわ！　後ほど必要なものをメモして！」

「……分かりました」

たじろがねぇ。


――で。


「焼き上がったわよ～！」

「「「おおおお……！」」」

うーん、いつもの朝に漂っている小麦のいい香り。俺は嗅ぎ慣れたものだけど、支店の人たちは初めての小麦パン。匂いに釣られたのか、いつの間にか人が増えている。

「これが小麦パンか！　パンノミと香りがもう別物だな！」

「小麦ってこんなにいい匂いになるのか!?」

「ずっと嗅いでいたい、いい匂いね」

「早く実食してみましょう！」

スゥリカが好奇心に負けた顔でパンに触れる。ラナが「熱いわよ、火傷しないでね！」と注意するが遅かった。「あっちい！」とスゥリカがパンから手を離した。

問題はそのあと。スゥリカが手を離した拍子に焼きたての食パンを床に落っことしてしまう。

「「「「あああああ！」」」」

悲痛な悲鳴。からの「なにしてるんですか、店長！」「この野郎、やりやがった！」「なにしてくれとんじゃあ！」等の批難の嵐。それは、そう。だって焼きたてが全滅だもん。

「……スゥリカさん？」

「ご、ごめん！　悪気はなくて――」

「そんなのは当たり前です。お説教の前にまず冷たい水で火傷したところを冷やしなさい。見たところ利き手でしょう。指先なんて一番痛みに敏感でしんどいわよ」

「あ、ありがとう、エラーナさん……」

「敬語」

「え？」

「私もフランもそれほど気にするタチじゃあないんだけれど、あなたは礼儀作法を学んだ方がいいわね。貴族と接する機会も、今後増えるわけだし。レグルスや私たちの顔に泥を塗られかねないもの。分かっている？　あなたの立場はレグルスが保証しているから成り立っているようなものなのよ？　あなたのその気安い態度、貴族相手に許されると思っているのかしら？　許されないわよ、普通。最悪この商会支店のみんなにも累が及ぶのよ？　本来ならあなたが守らなきゃいけない職員たちが、あなたのせいで。あなたに期待してこの商会支店を任せたレグルスの評価まで貶めるのよ？　自覚が足りないんじゃないかしら？」

「…………っ!!」

まあ、怖いよね。分かる。でも自業自得だよ。怒られて当然。

それにしてもスゥリカの指を冷水で冷やしてあげているラナが本当に優しい。……スゥリカの手首をガッツリ掴んで、笑顔のままお説教する姿もカッコいい。

自分がスゥリカの立場だったらと思うと、生きた心地はしないけどね。

「パン、食べられないの？　もったいないね」

「仕方ないわ。ファーラ、コロッケ用に持ってきたパンを、バスケットから出してきてくれる？本当は焼きたてを食べて欲しかったけど、試食はそれを使いましょう。今落っこちたパンは、側面を全部削いでコロッケ用のパン粉にしましょう」

「うん、分かった！　今持ってくるね！」

ラナの指示でファーラがテーブルに置いてあるバスケットからパンを持ってくる。ラナはスゥリカに「あと5分、冷水に浸しておきなさい」と言いつけて、濡れた手を拭う。水気を拭った手でファーラが持ってきたパンを手早くカットして盛りつけ、職員たちに出す。

次にフキンで床に落ちた焼きたて食パンを拾い、側面を全部カットしてから落下した面を破棄。残った白い中身をサイコロサイズにカットしてから、職員さんたちに向き直る。

「それじゃあ、まず小麦パンを何種類か持ってきているので試食してみてください。種類は奥から食パン、ブール、クロワッサン、カットバゲット、フォカッチャです。ほとんど、主食として食べることができます。今カットしますね」

そう言って、その場でパンを一口サイズにカットしていくラナ。職員さんたちはカットされたパンを、各々口に放り込んでいく。

「わあ、ありがとうございます！　んん〜、柔らかい！　それに、なんだこの香ばしさ！」

「すごい！　これが小麦パン……こんなに種類があるのか！」

「あ、あの〜、あたしも……」

「スゥリカ、あなたは私がいいというまで指を冷やしておきなさい」

「は、はい」

さすがラナさん。カッコよくていらっしゃる。

しかし、職員さんたち、誰1人スゥリカを助けようとしないな。笑う。……じゃ、なくて、やっぱり職員さんたちもスゥリカの礼儀作法の欠如には頭を抱えていたんだな。

「さて、皆さんが試食している間に私はコロッケを作るので、食べながら見ていてください」

「お、おお！　この上さらに新商品を!?」

「さすが本社と懇意になさっているライヴァーグ夫人！」

おっと、ついに始まるのかコロッケ作り。俺も手伝いながら作り方を覚えよう。

「フラン、腕まくりなんてして、もしかして手伝ってくれるの？」

「うん、俺も作り方覚えたいし、ラナと一緒に作りたい」

「そ、そう？　じゃあ一緒に作りましょう」

「ファーラもお手伝いする！」

「うん、ラナのお手伝い頑張ろうね」

「うん！」

可愛い。癒（いや）される。ニコニコしてしまう。

ファーラの健気（けなげ）さに癒され、手洗いをしてからラナの指示を待つ。

「ではまず洗った芋の皮を剥（む）いてもらっていいかしら。皮のまま蒸してもいいんだけど、今回は皮を剥いてからにします。……火傷するかもしれないから」

全員の視線が一時スゥリカへ注がれて、元に戻る。

「皮を剥いたら時短のためにカットして、フランに昨日作ってもらった竹製のプレートを鍋の底に設置して、水を注ぎます。この竹のプレートは鍋用すのことして売り出すといいと思います。すのこは大きくすれば色々な用途で使えるので、すのこはすのこで企画書をあとでまとめてお渡ししますね」

さすがラナ。さりげなく新商品を畳みかけてきたぞ！

鍋の底に隙間ができるようにと作ったこの竹のプレート、他にも使い道があるのか。興味深いね。作るのも比較的楽だったし。

「目の粗い布をすのこの上に置き、カット芋を包み、30分ほどしっかり蒸します。底の水がなくならないように、十分気をつけてくださいね。次にフライパンで、さっきカットした食パンを焼きます！」

「え、食パンを？」

「食パンを。本当は焼いて数日後の乾燥して硬くなったパンが一番好ましいんだけど、こうして焼いて水分を飛ばして細かく砕いたものでもオッケーですよ」

と、言ってラナがフライパンでカット食パンを軽く焼いていく。硬くなった食パンは軽く手で握ったり裂いたりして、まさに粉のようにした。これを使うの？

「まず今日はこのくらいの粗さにしますが、他にもパン粉を使った料理があるのでこちらも後日書面にまとめてお渡ししますね」

「「「おおおお……!!」」」

ラ、ラナさんカッコいい〜〜〜！

しかもラナの説明によると、パン粉の細かさや粗さによって食感が別物になるらしい。

今日のパン粉は粗い寄り。パン粉はすりこぎ棒とすり鉢を使って、さらに細かくすることもできるらしい。細かいパン粉はサクサク食感になり、粗いパン粉はザクザク食感。

「この粗いパン粉で豚のロースをミルフィールカツ揚げにしたら美味しいだろうな……」

「ラナ？」

「あ、なんでもないわ。それは今度やりましょう」

「涎、出てるよ」

「嘘!?　じゅる……ご、ごめん」

へえ～、ラナがこんなに涎垂れ流しながら思いを馳せるなんて、よほど美味しい食べ物なんだろうな。作ってもらえるの楽しみだなぁ。

「こほん。では、次に底の深いフライパンにコーンオイルを中ほどまで注ぎます」

「え！　そ、そんなに!?」

「そんなにたくさんの油、使い終わってから捨てる時どうしたら……」

不安そうな職員さんたち。彼らのご意見はごもっとも。揚げ物なんて、王侯貴族じゃなきゃ食べられない。油がもったいないからね。

「廃油のことね。もちろん考えてきたわよ！　ファーラ！」

「はい！　これ、昨日書いてきた廃油の使い道！」

「うわー！　さすが本社と懇意になさっているライヴァーグ夫人だー！」

「す、すごすぎる！　用意周到すぎる！　有能すぎる！　これが貴族様の実力！」

うんうん、職員さんたちもラナのすごさに気づいたようだな。もっと褒め称えるといいと思うよ。ファーラまでドヤ顔なのが可愛いが。

「なるほど、キャンドル……蝋燭か」

「それにこっちのアルコールランプっていうのも、なかなか使い勝手がよさそうだぞ」

「これ、いいわねね。『竜の遠吠え』の時の灯りとして使えそう。『竜の遠吠え』の時は、竜石道具が使えないもの」

「「え」」

なんか思いも寄らない情報が飛び込んできたぞ。驚いて「『竜の遠吠え』の時、竜石道具が使えないんですか？」と聞くと「そうなんですよ」と頷かれた。マジで!?

「他国にはそんな現象起こらないみたいなんですが、『黄竜メシレジンス』の――特に海沿いは発生したての『竜の遠吠え』が最初に到達するところだからなのか、守護竜黄竜メシレジンスの竜力が強く阻害され、竜石道具が使用不能になるんです」

「マジで……!?　ヤバいですね!?」

「ええ、私は生まれも育ちも『黄竜メシレジンス』なので、レグルスさんに他国の話を聞いた時は驚きました。それが普通だと思っていたので……」

「『黄竜メシレジンス』は、資源こそ豊富なので『竜の遠吠え』への備え自体は可能なのですが、竜石道具が使えなくなったり、竜石が爆発したりするんです」

「「竜石が爆発⁉」」

な、なんでそんなことに⁉　怖すぎるんですけどぉ⁉

俺だけでなくラナもファーラも驚きの声を上げる。ファーラは竜石職人学校で竜石爆破に慣れてるから余計だろう。

「竜石の爆発は『竜の遠吠え』に近いと起こるそうですが、詳しい原因は不明です。中でも竜石核は、毎年死者も出るほど大きな爆発が起こるそうですよ」

ヤバすぎじゃん。

「そんな……！　お兄ちゃん、ファーラみたいな『加護なし』が役に立てないかな⁉」

「あ、ああ、なるほど。その可能性はあるかも」

「どういうことですか？　か、『加護なし』？　ファーラ様は『聖なる輝き』を持つ者では――」

「ファーラは『加護なし』だけど、竜様たちに『聖なる輝き』を持つ者って認められてるんです！　それに、『加護なし』は悪いものじゃないです！　竜様の竜力と体質の相性がよくないだけです！　あ、あと！　『加護なし』は竜石道具の爆発を発生させないようにできるんです！」

さすが、竜石職人学校で実績のあるファーラさんです。『加護なし』にだってできることがあるのだ。まして、『加護なし』は迫害していいものってわけでもない。竜力と相性が悪いだけの、ただの人間。それが『加護なし』の正体。

「そうね……『加護なし』なら、もしかしたらその竜石や竜石核の爆発も抑えられるかもしれないわ。検証はもちろん必要だと思うけど、もしそうなら『青竜アルセジオス』で捕まっている『加護なし』の新しい働き口になりそうね」

「うん！　『加護なし』がもっと活躍できるんだよって、みんなに知ってもらえたら嬉しい！」

ラナの言う通り、検証は必要。でも可能性は高い。聞いた感じ、『竜の遠吠え』が黄竜メシレジンスの竜力を阻害──反発しあって竜石がその衝撃に耐えられずに爆発するのだと思う。

……でも、そうなると──『竜の遠吠え』は『黄竜メシレジンス』と同等のなにか──ってことになるんだけど……？

「じゃあ、その話は後日エリリエ姫からクラーク王子に提案してもらいましょうか。今日は引き続きコロッケよ。話している間にお芋が蒸(ふ)かし上がったみたいだから、潰していくわよ。ファーラ、お願いできる？」

「うん！」

「その間に私は玉ねぎをみじん切りにして、フライパンで飴色(あめいろ)になるまで炒(いた)めるわ。フランは卵を溶いて小麦粉と牛乳を混ぜておいてくれる？」

「え、俺が玉ねぎやるよ」

「え、いいの？」

「うん」

ラナに玉ねぎをみじん切りにさせて、涙を流す姿をここの職員たちに見せるのは大変面白くない。というわけで俺が玉ねぎをみじん切りにします。

でもさー、そもそも玉ねぎに限らずにみじん切りって大変すぎない？

芋の皮剥きも、ラナの知っているカット種類は結構多種多様で、使い分けしてるんだからすごいよね。ああいうの、もっと簡単になったらラナも楽だと思うんだけど……。

そういう竜石道具があれば良くない……？

皮剥きと、カットの種類を選択すると自動でやってくれるやつ。

うん、金属の刃物が必要だから、まず伝手がある『緑竜セルジジオス』に帰ったら作ろう。

「——という感じで、フランが作ってくれた炒めた玉ねぎをファーラが潰してくれたお芋に混ぜます。混ぜながら塩胡椒で味つけします。しっかり混ぜ合わせたら、手のひらでハンバーグを作るみたいにこう、ぽんぽん、と形を整えるわ。こうして整えたものを溶き卵と牛乳、小麦粉を加えた液に浸して、パン粉で包みます。そしていよいよ——揚げますよ！」

ラナが手早くパン粉をまぶした〝コロッケ〟を油で揚げていく。ファーラと俺で、残りのタネを手のひらサイズに整えていく。それを液に浸して、パン粉で衣をつける。

その間に揚がった最初の〝コロッケ〟が、金網の上に載せられた。黄金色で、油と小麦粉の香ばしい匂い。

王侯貴族に出される揚げ物といえば、香辛料を振りかけた鶏肉や豚肉を揚げるだけ。こんな揚げ物、見たことない。見た目は貴族が好みそうではないが……。

「こ、これがコロッケ？」

「お芋の中に牛の挽肉を入れても美味しいのよ。他にもとうもろこしを入れればコーンコロッケ。蒸し野菜を入れたら野菜コロッケ。あ、お芋を使わなくてもいいのよ。ホワイトクリームを入れてクリームコロッケ。お芋の代わりにカボチャを使えばカボチャコロッケ。コーンクリームコロッケ……」

「すごくいっぱい種類があるんだね……!?」

「あるわよ！　でもパン粉を使った料理の方がいっぱいあるわ。カツ丼、海老カツ、海老フライ……アジフライにサーモンフライ、カキフライにカレーパン——あ、パン粉があればハンバーグもグレードアップできるわね！」

さすがラナさん、レシピ幅がパネェ。どんどん出てくる～。

「まあ、そのあたりも追々考えていきましょう。まずはコロッケを試食してみて。今カットするわね」

「あ、俺がやるよ」

ラナなら大丈夫だと思うけど、万が一のことがあったら嫌だし。俺はまだコロッケの揚げ方をよく分かってないし。

「そう？　フランも食べてみてね。揚げたてが一番美味しいから」

「うん、もちろん」

「じゃあ、どんどん揚げていくわよ～」

俺がラナの揚げたコロッケを半分にカットしていき、実食してみる。

「え、お、美味しい……!!」

サクッとした衣。中のクリーミーな芋の優しい味わい。ものすごくシンプルなのに――いや、だからこそなのか、素朴な美味しさ！

もはや言葉などいらない。ただ、正直これほど美味しいものだと思わなかった。

「美味しい、美味しい……！」

「う、美味い！　こんな美味いものは食ったことがない……！」

「本当！　材料もこれだけなのに、作り方も簡単なのに……こんなに美味しいものがこの世にあるなんて」

「こ、これは売れる！　間違いなく……売れるぞ！」

職員さんたちも大絶賛。そんな中、ずっと水に手を突っ込んでいたスゥリカが「あ、あのぉ～、そろそろあたしも、試食させて頂きたいんですけど……」と声を出す。

それに対して、ラナは一瞬ジトーっとスゥリカを見てから「まあ、指の火傷も冷えた頃でしょうから、いいわよ」とお許しを出した。

スゥリカがラナの言葉でぱあ、と笑顔になると、まずは食パンを試食する。

「んおー！　お、美味しい～！　なんですかこれ！　ふわふわで、香ばしい！　他のパンも全部美味しい～～～!!　こちらがコロッケ！　はっ！　な、なんて美味しさ！　外はサクサク、中はふわふわでほかほか……これは間違いなく売れる！　ヒット間違いなし！　さらにレパートリーまであるなんて!!　最高だわ！　エラーナさん！」

「試食が終わったら小麦パン屋の開店と、コロッケの売り方について話し合いましょう。それが終わったら礼儀作法についてお勉強です」

「……は……」

ラナの笑顔が、怖い。

3章　エリリエ姫教育と初デート

『黄竜メシレジンス』に来て5日。

1日休みを取ったが、実質休んだとは言えない。宿で今後の予定を立てたので。

というわけでその予定表をエリリエ姫に提出して、ひとまず月末のお茶会を乗り越えるのを目標とする。

おそらく、今月末のお茶会の結果で俺たちが帰国できるかどうかが決まる。エリリエ姫がこの国で王妃として、この国の令嬢たちを御せそうであれば、帰ってもいいと思う。

ラナがレグルス商会の支店をたった1日で掌握してしまったので、エリリエ姫の実績は今月だけで着実に1つは得られるはずだ。

で、本日はラナとファーラが商会に行き、小麦パン屋開店に向け、店舗選びに出かけている。

スゥリカはあの性格なので王都——貴族街からは敬遠されているようだが、ラナが一緒なら大丈夫だろう。

俺は登城して、エリリエ姫に竜石道具の解説をしに来た。城の中庭の端を借りて、本日は冷凍庫を作ります。

「ユーフラン様、よろしくお願い致します」

「はい、よろしくお願い致します。……ええと……なんだか人が、多いような気がするんですが……？　こちらの、皆様は……？」

「あ、は、はい。見学を希望されている貴族の皆様です」

うーーーん、答えになっておりませんよ～、エリリエ姫～。

中にはエリリエ姫と、その侍女と護衛の他に、『黄竜メシレジンス』の貴族が15人ほど立っていたのだ。男性、女性半々。みなさん30～40代。つまり、結構影響力のある年代。着ているものを見る限り、地位の方もそこそこ高いっぽい。

そんな人たちが、竜石道具作りに興味があるとは思えない。エリリエ姫を次期王妃として相応しいか見に来た風でもない。

つまり、俺――と、いうより……ファーラかな？　でも残念、今日は連れてきてませーん。

でも、まあ、保護者の俺と、顔だけ通しておこうというのは分かる。それでこそ貴族って感じだよね。せっかくだし、エリリエ姫が頑張っているところも見ていってもらおう。

「では、本日作るのは冷凍庫です。冷凍庫は妻であるエラーナ発案の竜石道具で、物を凍らせ、保存期間を延ばすことができます。『青竜アルセジオス』と『緑竜セルジジオス』の間にある神聖な『千の洞窟』で冬の間しか採れない〝氷〟を、人工的に作り出せます」

「ほお……」

「あの〝氷〟をかね？　つまり、我々も氷を食べることができる……!?」

「それはすごいな。我々にもそのレイトウコを買うことができるのかい？」

「販売に関しては今後エリリエ姫の支援を頂き、レグルス商会『黄竜メシレジンス』支店が販路を広げていく予定です。また、この話をしたところエリリエ姫が『緑竜セルジジオス』にある竜石職人学校と同じ学校を、『黄竜メシレジンス』国内にも建設してはどうか、と言ってくださいましたので、10年後には安定した生産と流通が叶うのではないかと」

「「「おおおおお……」」」

「え？　え？」

はい、綺麗に巻き込ませて頂きました〜。

まあ、10年後はちょっと適当に言ったけどね。学校の建設に2年、職人が育つのに最低でも5〜6年、流通が整うのに3年と思えば——もちろん関係者の仕事ぶりと使える予算にもよるだろうけど、そのくらいに思っておけばいいと思うな。

貴族にとっての10年は大したことはないだろうし、1枚噛むなら早い者勝ちですよ、とにっこり笑っておく。

「では作っていきます。まず、用意するのは道具という器と、竜石核にする竜石、そして竜石を核にするために命令を刻み込む竜筆。これらを用意したらまず、竜筆で竜石に命令を書き込みます。こちらは事前に準備してきた竜石核です。これを道具の上に載せて血を垂らします。これは『奉血』といい、守護竜への供物の意味です」

「へえ、竜石道具は血を捧げるのか」

「普段使っている竜石道具でも、意外と知らないことがあるものね」

なんかエリリエ姫より、周りの貴族の方が本気で楽しそうに見てるな？

まあ、楽しんでもらえるならそれでいいと思うけれど。

実際に道具に竜石核を載せ、ナイフで手の甲を軽く裂き、血を竜石核の上に垂らす。すると竜石核に滴った血は、道具まで垂れると金具となって竜石核を道具に固定する。その瞬間、無数の光が一瞬で道具全体に走り、消えた。

「「おおおお〜〜〜」」

謎の歓声が上がったぞ。あと、謎の拍手も。見世物ではないのだが、貴族たちが無駄に楽しそうなのはエリリエ姫の実績になる、かも？

「お、お、お、お怪我が！」

「わっ」

「す、すぐに手当てをしなくては！　誰か、手当の道具を持ってきてください！」

「は、はい、すぐに！」

「わ、わあ、ま、待ってください！　手当道具なら自分で持ってきてあるので！」

「え……？」

奉血で怪我をするのは分かっていたので、ちゃんと持参していますよっと。

自分で手早く手当てをして、血を見て泣きそうになっていたエリリエ姫を安心させる。

それにしても、奉血で負った怪我を心配してくれたのはラナ以来。やっぱり育ちのいいお嬢さんにはいかに守護竜への供物といえど、流血は衝撃なんだろうな。

驚かせて申し訳ない。

「び、びっくりしました……。ですが、これが竜石道具の作り方なのですね」

「はい。参考になりましたか？」

「はい、竜石道具がこのように作られているなんて、知りませんでした。便利なものであるのは知っていましたが、こうして守護竜様と繋がりを持たせて竜力をエネルギーとするのですね」

「そうですね」

他の貴族も「勉強になった」「なんと、こうやって作るのか」「興味深い」「これが冷凍庫か？おお、扉を開くと冷たい空気が流れてくるぞ」と観察が始まっている。

「この冷凍庫はどうするのかね？」

「レグルス商会『黄竜メシレジンス』支店に置く予定です。ご入用の際は支店の方から取り寄せを依頼してください」

俺の仕事、今日はエリリエ姫に竜石道具についての理解を深めてもらうことだから、営業は業務外でーす。

「いやはや、存外時間を割いて見学に参加させて頂いたこと、実りの多いものとなりましたな」

「ええ、本当に。エリリエ姫様、この度はお誘いありがとうございました」

「え？　あ、は、はい……？　いいえ……？」

無理やり参加してきたのに、なぜかエリリエ姫が誘ったことになっていて、それに対してお礼を言われたから意味が分からないんだろう。貴族の胡麻擦りあるあるなので気にせず受け取っておけばいい。

「明日はラナが姫の教師役、ですね」

「ええ、まだまだこの国で学ばなければならないことがあるのですが……」

しょんぼりと肩を落とすエリリエ姫。数日のやり取りで、エリリエ姫つきの城仕え女官たちが非協力的で困っている――という話が出ていた。

単純に城仕えの女官はクラーク王子の義理の母たち――側室たちの推すご令嬢の派閥なんだろうな。ああ、女の世界面倒くさい。明日のラナにお任せする……。

と、いう感じで翌日。

俺はエリリエ姫のお茶会に向けての準備のお手伝い。主に着るものとお土産(みやげ)。

ラナの提案で『紫竜ディバルディオス』ハナオ織の反物(たんもの)を使った髪飾りとハンカチを、エリリエ姫に作ってもらうことにしたそうだ。

髪飾りは『黄竜メシレジンス』のドレスにも合うよう、淡い色合いにして、5つ作る。

全員が敵対関係なので使われることはないだろうが、ハンカチは刺繍を施し、この国の文化にちゃんと対応しているところをまず見せよう——というのが目的らしい。

生地自体はこの国では珍しく、かつ高価な『紫竜ディバルディオス』のものなので、よほど傲慢(ごうまん)な令嬢でも捨てることはないだろうとのこと。

そんな生地で作った髪飾りやハンカチを使わないとなると、少なくとも髪飾りは近い者に下賜(かし)するだろう。もらった者はその髪飾りを使わないわけにはいかないので、結果的にそういう者たちがエリリエ姫を宣伝してくれるってこと。

そしてラナの作戦はもう1つ。——エリリエ姫主催のお茶会を開くこと。

今まで受け身だったエリリエ姫に、攻勢に出ろ、ということだ。

王妃主催のお茶会は、クラーク王子の側室選びの場。そこへ来るご令嬢は〝いつもの人たち〟

ってことになる。それではこの国の女性たちと交流しているとは言い難い。

だからエリリエ姫自身がお茶会を開催し、国内の味方を増やすのだ。

俺たちが『黄竜メシレジンス』に滞在中、開催に漕ぎ着ければいいが、規模が大きいものは準備に時間がかかる。

練習もかねて、城の庭の一画を借りた中規模のものが好ましい。俺とラナで貴族名簿を取り寄せて調べるように言ってあるので、招待客はエリリエ姫が自分で選ぶことになる。

本当は舞踏会にでも出かければいいんだろうが、エリリエ姫、服を作っている時以外は「夜9時になると眠くなってしまうんですぅ」とのことなのでちょ、ちょっと心配なんだよなぁ。

クラーク王子に「舞踏会に連れてって欲しい」っておねだりすれば、寝る時間になる前に帰れると思うし、現時点の派閥関係を学ぶ機会が得られると思うんだが……。

その辺も、ラナが提案してくれるかな？　まあいいか。俺は俺のお仕事をしましょう。

「あ、ライヴァーグ様、いらっしゃいませ！」

「こんにちは、ジャックさん。頼んでいたものは届いていますか？」

「はい、『紫竜ディバルディオス』のハナオ織の反物ですね。それと、木の留め具に、竜蚕の糸です。糸は8色でよろしかったですよね」

「うん。間違いなく。支払いはこれ」

「ありがとうございます。……確かに頂きました」

さて、レグルス商会の『黄竜メシレジンス』支店にやってきましたー。品物を受け取り、スウリカの様子を見る。大人しいのは執務室でマナー本の山に囲まれているからだった。

どうやら昨日、よほどラナにこってり絞られたらしい。目がヤバい。見るのやめよ。

「ちなみに小麦パン屋の店舗は決まったの？」

「はい、昨日ライヴァーグ夫人が華麗にまとめ上げてくださいました！　いやあ、素晴らしい手腕です！　王都の商人も舌を巻いていましたよ！」

ラナは生まれてくる身分を間違えたのかもしれないよねえ。プロの商人にここまで言わせるなんて、本当にすごいな。

……たった2日。まだ2日。夜になれば宿で会えるんだけど、朝別れてほぼ1日別行動してると、やたらと寂しい。

ファーラもお城で礼儀作法の勉強だろうし、ラナは寂しくないのだろうか？

寂しいのは俺だけ？

今日はこの受け取った品を城に運んだら仕事は終わりだし、なにかお土産を買って帰ろうかな？　そんで、宿の部屋で一緒に食べようか？

「ジャックさん、この国で人気のお菓子ってなんですか？」

「え？　そうですね……黄色いお菓子はなんでも喜ばれますが――最近王都では『紫竜ディバルディオス』産の甘露芋を使ったお菓子が人気ですね。甘露芋のパイとか、甘露芋のタルトとか。その名の通りとても甘い芋なんだそうで、物珍しくて話題なんです」

「へえ、聞いたことがない芋だな……見てみます」

品物を城に届けるついでに、貴族街でジャックさんに教えてもらった甘露芋のパイとタルトを購入して宿に戻る。

午後は『黄竜メシレジンス』の竜石で『竜石玉具』を作っておく。レグルスと連絡を取り合う用だが、ラナが『青竜アルセジオス』にいる宰相様と連絡が取れたらいいかな、と。使うかどうかはラナに聞いてみないと分からないけれど。

「ただいま～」

「お帰り。お土産買ってきたよ」

「え！　本当!?　わあ、ありがとう！　パイとタルト!?」

「かわいい～！　ありがとう、ユーお兄ちゃん！」

作り終わるとちょうどラナとファーラが帰ってきた。リビングルームに食事も持ってきてもらい、少し早い夕飯である。

宿のメニューはサラダとラックのステーキ。ん、肉が美味しい。しかし、サラダの鮮度と味が、『緑竜セルジジオス』に慣れた今、野菜に対して舌が肥えたというか。

「お肉が美味しい」

「分かる」

「野菜あんまり美味しくない……」

「『緑竜セルジジオス』のを食べ慣れちゃうと、そう感じるわよね」

食べながら今日のできごとを共有すると、ファーラは歩く練習。歩くといっても淑女の歩き方は頭に本を載せて、落とさずに優雅に歩くアレ。平民育ちのファーラには相当しんどかったらしくてがっくりと項垂れている。お疲れ。

そしてラナの方はエリリエ姫の周りの人間が、どこに所属していたのかを把握し、エリリエ姫に助言をしてきたらしい。その辺は俺、よく分からないし聞いても興味がないし、ね？

ただ、エリリエ姫の周りの女官は側室候補の派閥の者ばかり。だからエリリエ姫の連れてきた侍女や護衛騎士にも嫌がらせをして、孤立を深めさせていたのだ。可哀想。

なので、その女官たちを締め上げ――ではなく、彼女たちの実家の繋がりなどを把握するよう指示し、彼女たちの支持する令嬢を知る足がかりにするように。

実際今日1日で、側室候補5人のうち1人のソアラという伯爵令嬢が汚水に困っていることを突き止めた。そのことで、エリリエ姫は『紫竜ディバルディオス』にある錬金道具、汚水浄化槽を提供できないかと考えたようだが、『紫竜ディバルディオス』の錬金道具は他国では使用できない。そこで、ラナは『青竜アルセジオス』に生息する〝浄水虫〟を輸入してはどうか、とソアラ伯爵令嬢に提案することを勧めた。

それってエリリエ姫の〝実績〟になるのか、と思われるかもしれないが、はっきり言って十分なる。普通の貴族は他国に伝手がない。エリリエ姫が『青竜アルセジオス』に伝手を持つ俺やラナと懇意にしていることを思えば、ソアラ嬢はエリリエ姫に頼んで俺とラナに繋いでもらうしかないのだから。もちろんその時はきちんと対応させて頂きますし？

「上を崩せば他もゆっくり崩せるようになるわ。ふふふ」

さっすがラナさーん。カッコいい～！　顔は完全に悪役令嬢のそれですけど～！

「あと、フランがさっきちょっと言っていた、エリリエ姫主催のお茶会案？　それはいいわね。明日エリリエ姫に提案しておくわ」

「あ、うん。でも主催より夜会に出席した方が手っ取り早くない？」

「それは私もそれとなく言ったんだけど、クラーク王子が出席禁止になっているんですって」

「どゆこと？」

割とマジでどういうことなの？　は？　クラーク王子が？　王子の方が出席禁止？　禁止!?

「ほら、あの人、派手でしょう？　夜会はお見合いの意味合いが大きいから、王妃様方が『クラーク王子が迂闊に夜会に参加すると、まとまるお見合いもまとまらなくなる』って」

「……。……、……申し訳ないけど納得した」

そもそも結婚もまだなのに側室をゴリゴリにゴリ押しされているのだ。クラーク王子も夜会に参加して、うっかり王妃たちの息のかかった娘と知り合って側室候補が増えたりするのは不本意極まりないだろう。もちろん、王妃たちの語る理由も、まあ、ガチだが。

そして、クラーク王子的にも夜会に参加することはエリリエ姫にとって四面楚歌な戦場に連れていくことと同じだから、あまり連れていきたくはないみたいだ。

「クラーク王子……ちょっと結構、過保護……じゃない？」

「私もそう思うけど、毎月エリリエ姫が地獄のお茶会に参加させられているだけでも結構可哀想だし……それを間近で見ていると、心配になるのかも」

「まあ、うん……」

エリリエ姫は内気な性格だもんね。でも、覚悟を決めれば間違いなく、正面から戦いを挑める芯の強い女性だ。それに関してはクラーク王子が過保護すぎると思う、俺はね。

「ねえ、パイ食べてもいい？」

「ああ、うん、いいよ」

「わーい！　いただきまーす」

ファーラが紙袋の中から、カットパイを1つ取り出して口に入れる。ラナもそれを見て「じゃあ、私もパイをもらうわ」と紙袋に手を突っ込む。

「あら？　2つずつしか入ってないんだけど？」

「店員さんがすごく甘いって言ってたから、俺はいいかなって……」

「あ、そうなのね」

俺は甘いものが苦手なので、自分の分は買ってませーん。

「……！　これ、さつまいもだわ……！」

「サツマイモ？」

「こう、真ん中がずんぐりむっくりした紫色の皮の芋よ。スイートポテトって呼ばれるくらい糖度(とうど)が高くて、お菓子の素材にも使われるほど甘いの。実際このパイとタルトはすごく甘くて美味しいわ！　でも、ちょっと砂糖が多すぎるんじゃないかなっていう……」

ラナですら「ちょっと甘すぎ……」って思うらしい。ファーラも最初は「甘くて美味しい〜」と食べていたが、半分くらいで無言になって紅茶を飲む量が増える。甘すぎるんだな……。

「甘すぎる！　どうして甘いさつまいもにさらに砂糖を加えたのよ！　こんなの甘すぎて一度に全部食べられないじゃない！」

「まあ、カットしてお茶会に出す用なんだと思うし」

貴族街のお店だ。貴族のお茶会用のお菓子だろうから、お茶の味を引き立てる甘さなのは仕方ないのではないだろうか？

「だとしても甘すぎる！　これじゃあ素材の味を殺してるわ！　私だったらもっと美味しくさつまいものお菓子を作れるのにーーー！」

なるほど。

「じゃあ、この甘露芋、買ってこようか？　エリリエ姫主催のお茶会に、ラナがこの甘露芋でお菓子を作ってあげるといいかもね。甘露芋は『紫竜ディバルディオス』産の芋みたいだから」

「そうなの!?　めちゃくちゃ好都合じゃない！　ハッ！　つまりさつまいもパン……！」

「ん？」

「ありがとう、フラン！　これだわ!!」

「ど、どういたしまして……？」

なんかスイッチ入ったよう、です？

あっという間に5月も半ば。長期滞在になるのは覚悟していたけど、さすがにこんなに離れ

たことはないので家の方が心配になるな。

竜石玉具でレグルスと連絡は取り合っていたけれど、竜石玉具自体がレアアイテムすぎてあまり連絡してくるな、と注意されてしまった。ですよね。

ラナはあれからさらに忙しそうに走り回っているし、俺はお城に近づきたくないので支店でスゥリカの礼儀作法教育ばかりやっている。だってお城にはクラーク王子とうっかり遭遇する危険性があるからね。そもそも近づかないに限るでしょ。

「まあ、最初よりはだいぶマシになったかな」

「ううう、厳しすぎますよぅ、ユーフラン様……」

このように俺にもちゃんと様づけするようになったしね。

「し、しかし仕事が増えたのは喜ばしいです。店舗準備のおかげで出費は激しいですが、ユーフラン様が竜石核をたくさん作ってくださるのでむしろ黒字！　ユーフラン様！　屋敷を建てて『黄竜メシレジンス』に移住してあたしと天下取ろうーーー!!」

「言葉遣いが戻ってるぞ」

「はぁ〜〜いん」

……最近スゥリカが猫撫で声で返事をするのが——キモイ。

「はあ、はあ……最近ユーフラン様の、その心底あたしを見下す眼差しに胸がドキドキしちゃう……この気持ちはなに？　今まで感じたことのない、不思議な気持ち……でも、嫌じゃない」

「なに言ってんの」

うっとりこっちを見上げながら、なんか気持ち悪いこと言い出したぞ。

「あああ、その目！　背中がゾクゾクします！　ユーフラン様に命じられることならなんでもやるぞ！っていう気持ちになる！」

どうしよう、だいぶ気持ち悪いことになってしまった。

「ユーフラン様、お茶をお淹れしましたので一休みされてはいかがでしょうか？」

「ああ、どうも」

ケイトさんが台車に載せて運んできてくれた紅茶を受け取り一口飲むと、一緒に底の浅い小さなバスケットに入ったパンを差し出してきた。なんでも、貴族街に構えた小麦パン屋で働く予定の料理人が作ったそうだ。へー、見た目はラナがいつも作ってくれるものに似ている。

1つもらって食べてみるが、味も見た目も売り物にするのに問題はなさそう。

「うん、美味しい。大丈夫だと思うけど、何個かもらってラナにも試食してもらうね」

「はい、よろしくお願いします」

元々そのつもりだったのだろうけれど、こうしてちゃんと頭を下げられるのは悪い気がしない。それにラナも気になるだろうしね。

「――そういえば、この食パンは平らにカットして野菜やスライスしたハムなんかを挟むと、手軽に食べられるサンドイッチっていう料理ができるよ」

クロワッサンを食べながら、クオンが食べさせてくれたサンドイッチのことを思い出した。

カット売りすれば、子どもにも簡単に作れるお手軽料理だ。親子で好きなものを挟むのもいいと思う。軽食にぴったりだし。

「本当に幅広く使えるんですね、この小麦パンというものは」

「ラナはまだなにか試行錯誤していたね」

甘露芋と〝再会〟したのがよほど嬉しかったのか、小麦パンと〝コロッケ〟とを活用して、なにやら新メニューを作り出している。

この国の小麦パン屋は改修と棚の搬入、設備の導入くらいなので、来月にはオープンできそう、とのことだ。貴族街にあることも相俟って、宣伝さえ上手くいけば、一気に人気店の仲間入りができることだろう。

そして、その宣伝の場は次の王妃たち主催のお茶会だ。それがエリリエ姫、反撃開始の狼煙となる。俺たちはそれに備えて、このままやれることをやればいい。

そう考えると、レグルス商会『黄竜メシレジンス』支店が郊外にあったのは好都合。ここなら側室候補たちに、動きを探られることもないだろう。探りを入れれば一発で分かるもんね。

王都の店舗の方なら探りも入れられるだろうが、『小麦パン屋』だけじゃ意味が分からないだろうし、たとえ知っていても「いよいよ『黄竜メシレジンス』にも店ができたか」ってくらいなものだ。

小麦が特産品の『黄竜メシレジンス』の貴族として、小麦パン屋をエリリエ姫がこの国に呼んだ時点で彼女たちの負けは確定。

貴族街にできる小麦パン屋の開店妨害をしても、出る利益の方が大きすぎるから止めきれない。せいぜい自分でも小麦パン屋を開店する——くらいだろう。

「この調子でどんどん新商品を開発しましょう！　ユーフラン様ぁ！」

「ソウダネー」

「『緑竜セルジジオス』本店ではどんな商品があるんですか⁉」

うるさ。そしてやっぱりなんとなく生理的に気持ち悪い顔して俺を見てるな。はあ……。

「——あ」

「ユーフラン様？　どうされました？」

「小型竜石と鉄板を用意してくれる？　作りたいものがあるんだ」

「今すぐにィ！」

というわけで苦手な金属加工を行いつつ、３日後。

「な、なんですか、これは⁉」

「『乳製品加工機』。味は職人が作ったものに比べて劣るけれど、素材を入れるとバターとチーズと生クリームを自動で作ってくれる。結構ご好評頂いてるんだよね」

特に生クリームは家庭で作るのは難しい。瓶詰めで販売しているが、毎日売り切れる人気商品だと聞いている。

ただ、砂糖は自分で入れなければいけない。入れないと食べられたものではないので必須だ。甘さが調整できるので、それも人気の理由の1つだ。

「これは――画期的ですね！」

「クリームはすごいですよ！　作るのには筋肉が必要ですからね！」

筋肉が。

「これを小麦パン屋において、クリームやチーズやバターを瓶詰めで売るんですね！　これは売れます！　売れますよ、スゥリカさん！」

「そうね、ケイト！　こりゃあ、王都の人間たちの度肝をぶち抜けるわ！　すぐにジャム用の小瓶を発注するわよ！　今から大量生産して冷凍庫で保存しておけば、開店日に大量販売できるわ！　ひゃひゃひゃひゃひゃひゃひゃ！」

やべー笑い方しおる……。

「まあ、そういうのは……プロに任せる」

その辺はお任せすることにしたのだが——宿に戻ってからその話をラナにしたところ……。

「生クリーム！　それよ！　それがあったんだわ！」

「え？　え？」

「さすがフラン！　天才よ！　おほほほほほほほ！　これでスイートポテトは完成するわ！

おーっほっほっほっほっほっほっほっ!!」

こちらもなんかスイッチ入っちゃったんですけど。いったいなにを作っているんだ、ラナ。

「あ、そうだわ」

急にスイッチオフになった。

「明日、貴族街をゆっくり観光しない？　エリリエ姫にずっと働かせて申し訳ありません、って謝られちゃったのよ。そ、その……デート的な、ことを、そういえば、してない、というか」

「!!」

で、デート……！

確かに、単純にラナと2人で遊びに行くってことはしたことがないかも。町に行くのは、いつも買い物のため。あ、いや、でも——。

「ファーラが……」

「ファーラ、明日エリリエ姫とクラーク王子のお父さんに会うんだ」

「え」

「この国に来てから、まだ王様に会ってないから、ご挨拶しないとダメかも、って。なんかずっと郊外に行ってて、今日帰ってきたんだって。だから明日ご挨拶しようって」

「へえ……」

それって政務をクラーク王子に丸投げして、自分は郊外の別邸で半ば隠居生活していたってこと……？　そういえば確かに最近『黄竜メシレジンス』のクレイドル国王陛下は、あまりパーティーでお見かけしないよね。『紫竜ディバルディオス』でシャオレーン王の誕生日パーティーもクラーク王子が出席していたし？

……ああ、なるほど。クラーク王子は成人しているし、地獄のお茶会はエリリエ姫と婚約前から行われていたみたいだから、クレイドル王はクラーク王子にとっとと王位を譲って隠居したいんだな。城の仕事をクラーク王子に全部やらせているところを見ると、引継ぎはほぼ終わっているということだろう。

郊外に引きこもってのんびりしてたら、王都に話題の新人『聖なる輝き』を持つ者、ファーラが現れたという知らせが来て、慌てて城に来た？　それにしては、俺たちが来てから10日以上経ってるけど……？

「クラーク王子が、『王様に嫌がらせしたいから、手伝ってね』って言ってたよ。クラーク王子、王様と仲はいいんだって。でも、王妃様たちをお城に置いていったのは許せないんだって」

「ああ、そういうことね……」

確かにクラーク王子からしたら、後継ぎとして引き取られたのに何度も暗殺の危機にさらされながらやっと大人になって、今度は自分の命を狙っていた王妃たちにその息のかかった令嬢を妻にするように迫られる日々。

王妃たちを御せず、城に置いて自分はのんびり隠居生活を満喫しているクレイドル王に、多少の意趣返しをしたいと思うのは当たり前だろうなぁ。

「だから、ファーラ明日は王様に『ファーラのお友達のエリリエ姫をよろしくお願いします！』って言うんだ〜。お兄ちゃんとお姉ちゃんは町でデート楽しんできて」

「あ、う、うん。ありがとう……でも、ほどほどにしてあげてね」

素直に嬉しいのと、明日のクレイドル王がクラーク王子とファーラにじわじわいびられる姿を想像して、変な気分になる。

まあ、でもそんなことは気にせず、明日ラナをどうやって楽しませるか考えよう。

貴族街は結構分かるようになってきたけれど、ラナが好きそうなお店……カフェとか本屋とか観劇とかギャラリーとか。

「ラナは明日、行きたいところある？」

「えっと、そうね……ぶっちゃけていい？」

「え、なに？」

なんか怖いんですが。なにその言い方。

「デートってしたことないから、なにをするのか全然分からない」

「お、俺も」

2人で無言になってしばらく見つめ合う。『黄竜メシレジンス』の貴族街は、遊ぶところが多いんだけれど……俺とラナはそもそもデートが初めて。

「明日、ぶらぶらしながら決めない？」

「う、うん、それじゃあ……」

スマートにエスコートできないのはちょっと申し訳ないけど、ラナと久しぶりに2人きりで過ごせるのが嬉しい。初デートも、そわそわしてしまう。

俺、今夜眠れるだろうか？


そんな感じで翌日。

ファーラをお城に送り届けてから、貴族街へと繰り出した。

こんなことなら昨日、ケイトさんに貴族街のおすすめデートスポットとか、聞いておけばよかった。まずはどこへ行けばいいのか。

「ねえ、まずは本屋へ行ってみてもいいかしら」

「え、うん。もちろん」

なんと、ラナから行きたい場所のリクエスト。もしかして、一晩の間に考えておいてくれたんだろうか？　助かるけど、なにも考えていなかった俺の間抜け……！

「フランは行きたいところ、考えてきた？」

「緊張してそもそもあんまり眠れなかった」

「うふふ」

なんか笑われた。な、なんか面白いこと言った？

「ね、ねえ、腕を組んでもいい？」

「えっ⁉」

う、腕を組む⁉　腕を組むって、腕を組む、アレのことですか……⁉

「え、え、あ、う、うん、その、どうぞ」

「じゃあ、行きましょう」

ラナと腕を組んで、ようやく宿の前から歩き出す。べ、別に、エスコートの時にも夫婦なら腕を組むこともあるんだから、なにも不思議なことではないんだけど、あ、あまりにも体が密着していてあったかいし柔らかいしいい匂いもするしラナが好きっていう気持ちがドバッて体の外に出てしまいそう！

行先は本屋なのに、まるで落ち着かない。

「へえ～、思ったより品揃えが豊富なのね」

見つけたのは大通り沿いにあった小さな本屋。青い屋根の建物の中に入ってみると、ランプで明るく照らされた店内は存外所狭しと本棚が並んでいた。

窓が1つもないのは、陽光で本が日焼けしないようにするためだろうか。竜石道具のランプなら、炎を使うわけではないから燃える心配もないしな。

扉を開けると小太りで背の低い、片眼鏡をかけた穏やかそうな紳士が本棚から顔を覗かせた。

「いらっしゃいませ。どのようなジャンルの本をお求めですか？」

「そうね……歴史関係と料理関係。それから竜石道具と、子ども向けの絵本やロマンス物語小説もあれば見せてもらいたいわ」

「はい、すぐにお持ちします。こちらのお席でお待ちください」

ふくよかな男性店主がラナの指示した本をすぐにいくつか見繕って持ってくる。

20冊ほど、ラナが持ってきてもらったものの目次を見て、そこから選別していく。

「あれ、これは――」

「どうしたの、フラン」

「デルハン先生の著書だ」

「え！　デルハン先生、本も書いてるの？　へー、大衆向け物語ね。純文学的な？」

「デルハン・イーテン著者の本は他にも取り扱いがございます。持って参りましょうか？」

「まあ、面白そうだわ！　ぜひお願いします」

そうして持ってきてもらった本を見てみると、デルハン先生、なんと11冊も出版している。

ほとんど大衆向けのロマンス物語小説みたいだ。

こんなのを書いている人が、『青竜アルセジオス』の前王陛下と婚約したと聞くと、小説より現実の方が物語っぽいかもしれない。

「なんだか面白そうね……」

「どれ？」

「あ、いえ、あの～」

ラナの呟きに、どの本のことだろうと覗き込むと、なぜか口ごもられる。

「ああ、もしかして執筆にご興味がおありですか？」

「！」

店主に言われて、最初こそしどろもどろだったラナはデルハン先生の著書で顔半分を隠して、小声で「はい……」と小さく頷いた。

……なんと……！　ラナは読むだけでなく執筆の方にも興味がある⁉

「おお、なんと素晴らしい。最近『黄竜メシレジンス』では、女性著者の本の取り扱いを増やしております。執筆にご興味がおありなのは大変結構でございます！　ぜひぜひ、当店と懇意にしております出版社でご執筆ください！　すぐに紹介状をご用意します」

「え！　ま、待ってください！　私、物語なんて書いたことありません！」

「皆さんそう仰いますが、どうか挑戦してみてくださいませ。これまで『紫竜ディバルディオス』以外の国々では、女性が執筆をすることは忌避（きひ）されてきました。この国――『黄竜メシレジンス』もそうです。クラーク士子の自由を愛する思想で、ようやく女性が小説を書く自由が受け入れられ始めています。だからこそ、より多くの女性にご執筆をお願いしているのです！もちろん全力でサポート致しますので、ご安心ください」

「え、あ、う、で、でも……」

ちらり、と店主とラナの視線がなぜか俺の方へと向けられる。ラナは「どうしよう？」という感じだが、店主の方は「どうか反対しないでください」みたいな――心配そうな眼差し。

ああ、この国に限らず、世界中で女性が物語を書くのは「必要ない」とか「無駄」とか「女

には執筆なんてできない」という風潮だった。それが〝常識〟なのだ——男の。

でも俺は、ラナが物語を読むのが大好きな人だと知っている。前世から。今世でも。

そして、ラナは十分物語を生み出す才能があると思う。その能力がある。そして、ラナ自身がそれを望んでいるのなら——。

「え、いいんじゃない？　なにがダメなの？　ラナなら書けると思うし、やってみたら？　牧場カフェの宣伝にもなるんじゃない？」

「フラン……あ、ありがとう……！　じゃあ、やってみようかな……！　あの、それじゃあ、紹介状を書いて頂いていいですか？」

「ええ、ええ！　もちろんです！　今持って参ります！」

ということで、本屋の店主に紹介状を書いてもらい、次は貴族街の中央部にある出版社へ向かうことになった。

ラナがずっとソワソワしていて可愛い。緊張と期待。でも俺はラナなら絶対に大丈夫だと思うから、なにも心配いらない。

「あの、先ほど本屋さんで紹介状を頂いたのですが」

出版社の受付嬢に、ラナがもらった紹介状を差し出す。すると一瞬で笑顔を浮かべて「執筆希望の方ですね！　ありがとうございます！　今編集担当を連れて参ります！　こちらでお待ちください！」とハキハキ言って応接室に案内してくれた。

別の受付担当がお茶を出してくれて、間もなく眼鏡の優男が現れる。あまりにも慌てて来たため、扉に顔側面を打ちつけるほど。ちょっと落ち着いて欲しい。

「あああ、は、初めまして！　私はテッド・ルージットと申します！　執筆にご興味がおありということで！」

「は、はい。わたくしはエラーナ・ライヴァーグと申します。こちらは夫のユーフランですわ。でもあの、私たち、『緑竜セルジジオス』に住んでいるんですけど」

「ああ、他国の観光客なんですね。ですが問題はありませんよ。距離はありますが、専属の運送屋がいますので、原稿のやり取りは問題ありません」

ラナが一番気がかりだったところを、テッドという男は笑顔で「問題ない」と言う。もう1つの心配ごとは出版費用だが、それも出版社が持つという。

「執筆料は出版された本の売り上げから、出版費用を差し引いてお支払いとなります。出版費用はカバーと紙、インク、装丁デザイン依頼料などになります。なので、正直あまり期待しないで頂けますと……ハイ」

「ええ、それは、まあ」

「それで、内容に関してなのですが――ライヴァーグ夫人はどのようなお話を執筆なさりたいと、思っておられますか？　市場ではやはりロマンス物語小説が人気なのですが」

俺、聞いていていいのかなぁ。と思っていたが、平然と話は進んでいく。

ラナとしてもロマンス物語小説を書いてみたい。そしてそれは、ラナが前世で読んだものを参考にして、完結まで読めなかったものをラナが読みたい結末にして出版できたら——という話になった。

「私もそれなりに長く出版業界にいますが、ライヴァーグ夫人の言う物語は知りませんね……。しかし、あまりストーリーが似てしまうと訴えられますから——」

「ええ、もちろん。ですから、主人公の設定を普通の平民から『加護なし』で移住してきた少女にして、家族と平和に暮らそうと思っていたのに、森で高貴な装いの男性が獣に襲われている時、『聖なる輝き』を持つ者に後天的に覚醒して……」

「なるほど！　最近『加護なし』の事情が、ただ守護竜様の竜力を受け取れない体質の、ただの人間であると国から発表がありましたね。なるほど！　いいと思います！　まだまだ『加護なし』への偏見は激しいですからね。最新情報を物語に組み込むとは、ライヴァーグ夫人は小説家の才能があります！」

「え！　い、いえいえいえいえ！　まだ一文字も書いていませんから！」

編集さんめっちゃ褒めるじゃん。それから『プロット』と呼ばれる物語の流れをメモした紙を、次々重ねて冊子にして封筒にしまうと今度はスケジュールの話し合い。

2人とも真剣そのもの。距離があるので、1年ほど時間がかかるだろう、と日程を組む。ラナが執筆自体初めてなのも考慮してのことだ。

「本当は我がクラリエ出版がもっと儲かって、『緑竜セルジジオス』に支店でも出せたらこんなに時間をかけずともいいのですが——」

ん？　クラリエ出版？　クラリエって、この国の『聖なる輝き』を持つ者のハノン・クラリエのこと？　え？　この出版社、ハノン・クラリエが出資してるのか？

「支店……そうだわ！　開発中の東区に出版社の支店を招いたらいいんじゃない!?」

「ええ!?　い、いや、それはさすがに……それに出版社があっても本はできないでしょ？」

「あ、そうか。じゃあ、製紙工場と印刷所を併設して作ればいいんじゃない？　紙はカミノキっていう木でしょ？　『緑竜セルジジオス』のカミノキを本にする用の紙に加工して、印刷所でたくさん本を作って売れば、十分投資した元は取れると——」

「取れないと思う。そもそも、本は文字が読める人間でもそんなに読まない」

「え!?」

そんな心底びっくりされるとは思わなかったよ、俺も。

「まあ、そう、ですね。平民は文字の読み書きができない人の方が多いですし、こういうロマンス物語小説は貴族のご令嬢ぐらいしか顧客がおりません」

「えぇえええ⁉」

そうそう。だからうちの子たちが文字の読み書きをできるのはマジでラナが教えたからこそ。クラナやクオンがロマンス物語小説を読んで文字を覚えるのも、ラナが自分のために小説を買い漁っているからなのだ。

俺もまさかロマンス物語小説が文字の勉強になるとは思わなかったから、ラナはある意味新たな勉強法を実践した人ってことになるんでは。

「本って一応高級な嗜好品の部類だしね。専門書も、買う人間が貴族より多いだけで、そんなに安いものじゃないし。うちの牧場に最初から本棚があったのも、おじ様の所有地だったから前の主がしっかり運用するために揃えたらしいし」

「そうだったの⁉」

「そうなんだよ」

紙自体はカミノキを加工すれば本にするだけの厚みのある紙にすることはできるし、『黒竜ブラクジリオス』製のインクで大量に刷ることができるっていう話も聞いたことがある。

まあ、印刷技術に関して、さすがに詳しいことは分かんないけど。

「つまりほぼ手つかずの界隈っていうことでは？」

「……は、はい？」

逆になんか「いいもの見つけた！」みたいな表情なんですが、もしかしてなにか思いついてしまわれた感じでいらっしゃる……？

「いいわ、このあたりもエリリエ姫の〝実績〟にして頂きましょう！　うふふふ、楽しみね」

ああ、これは〝本〟にまつわる産業にラナとレグルスが参入する流れ……！

いいや、いいのかな。読み書きできるようになれば平民の仕事も幅が広がる。出版社の数が増え、文字の読み書きができる者が増えると情報の流れも一気に変わるだろう。

ヤバいな。これここで止めておくべき？　飛行船で人流が変わり、学問の普及で平民の識字（しきじ）率も上がり、紙とインクの用途が広がったら――。

ん～～～、ラナの好きなようにすればいいのかな！

「まあ、この出版社はこの国の『聖なる輝き』を持つ者の、ハノン・クラリエが出資して運営されているみたいだし、ラナがこの出版社と仲良くするのはエリリエ姫にとってもいいことだと思うよ」

「え？」

「あ、やっぱり気づいてなかった？　クラリエ出版っていう名前だったから、多分――」

ちらりとルージット氏を見る。俺の視線で察してくれたらしくて、頷いてくれた。

「え、ええ、この出版社はハノン・クラリエ卿が出資してくださって倒産を免れました。ですが、クラリエ卿にクラーク殿下が頼んで名を貸してくださったのです。出資金も殿下がご自身の懐から出してくださって」

「「え」」

一瞬驚いたけど、地味に「武人のハノン・クラリエが、出版社に出資？」って思っていたから納得したかも。クラーク王子がハノン・クラリエに〝お願い〟してたのね。

それなら確かにラナがこの件をエリリエ姫にぶん投げるのは、良策だな。

「じゃあ、アリ寄りのアリね」

「そうだね。いいと思う」

「あ、あの……お2人は『緑竜セルジジオス』の男爵様とお伺いしていたのですが……」

急に顔色が悪くなるルージット氏。キョトンとしているラナには悪いが、男爵がこの国の王族に嫁ぐ『緑竜セルジジオス』と縁もないお姫様の名前を気軽に出せばこうなるよ。わざとかと思ったけどそうじゃないあたりラナらしい……！

向こうも貴族相手だとは思っていただろうけど、出てくる名前がデカすぎるんだよ。

「ああ、わたくし『青竜アルセジオス』の公爵家の出身なのよ。『緑竜セルジジオス』でやることがあったから、同じ『青竜アルセジオス』の貴族だった夫のユーフランと貴族籍を抜けて移住したんだけれど。夫があまりにも優秀で『緑竜セルジジオス』でも爵位を戴いてしまったの。のんびり平民ライフも楽しかったんだけれど……。ああ、この国にはエリリエ姫様に誘われて来たのよ。おかげでとても貴重な体験ができそうで嬉しいわ！」

「な、なんと――！　そ、それは色々と失礼を！」

だいたい合ってるけど、色々省略すると結構とんでもないことになってない？

「あら、どうして？　小説を書くのは本当に初めてだし、終始丁寧に対応してもらったし、わたくしの中の妄想にこんなに楽しそうにつき合ってくれて、お話の構成の仕方を教えてくれたり、あなたは信頼に足る編集担当だと思いますわ。わたくしも頑張るので、出版までどうぞよろしくお願いしますわ」

「あ……！　は、はい！　こちらこそ、よろしくお願いします！」

うんうん、実質これから君も振り回される運命を感じるけど、ラナの作品を世に出すお手伝いをどうぞよろしくお願いします。

「では、執筆が終わりましたら当社の住所に原稿をお送りください。分からないことがあれば、『黄竜メシレジンス』にいる間でしたらいつでも対応しますので」

「ありがとうございます。とりあえず頂いた原稿用紙に書き始めてみます」

「原稿用紙は多めにお渡ししますが足りなくなりましたら、お送りします」

大きな封筒にたっぷりの原稿用紙と、２人でまとめた物語のプロット冊子も詰め込み、出版社をあとにした。すっかり太陽が真上に来ているな。

「昼ご飯食べる？」

「あ、もうそんな時間なのね。うん、食べましょう。フラン、いいお店知ってる？」

「うーん。いいお店はいっぱいあるけど、俺が知ってるお店まだあるかなぁ？」

って、いうか、いや別にいいんだけど、また腕を組むの——あ。

「ラナ、袋」

「え！　いいわよ、私の仕事だし」

「でも重いでしょ。持つよ」

「うっ……うん、ありがとう」

空いている手でラナの原稿用紙などが入った手提げ袋をもらう。ああ、紳士として出版社でソファーを立ち上がる時に、スマートに荷物を持ってこなければいけなかったのに。

……いや、そもそもこういうのって従者がやることなんだよね、俺たち貴族なので。

未だに従者や侍女も雇（やと）わず、出かける貴族がちょっと珍しいよね。

とはいえ、ラナの侍女……腕の立つ女性でないと、俺が心配なんだよなぁ。

「あ、あの店」

「え、可愛いカフェ！」

「うん、あそこお茶も美味しいんだけど、パスタ麺も美味しかった。前にラナが〝ラーメン〟の製麺機で作ったパスタ麺も泊まってる宿のも美味しかったけど、ここの店も美味しかったの覚えてる」

「へ～、じゃあこのお店にしましょうか」

それからそこのカフェでご飯を食べて、雑貨屋と絵画のギャラリーを見て回り、ある程度楽しんで最後に公園に寄ってみよう、と貴族街の端の方まで来てみた時だ。

「ライヴァーグ夫妻ではないか」

「え、あ!?　あなた様は——！」

部下の者を片手で制して、少し離れたところへ誘導された。貴族の老紳士らしい装い。しかし見るからに鍛え抜かれた体躯と、厳格そうな顔立ち。

なんでこの人——ハノン・クラリエがここにいるんだ!?

あと、それもなんだけど……俺とラナのこと、しっかり覚えられているのが……！

「ああ、今日はただ出かけていたのか。ファーラ嬢を城に預けてくれたこと、礼を言う」

「え!?　い、いえいえ！　ファーラが自分で決めたことなので、私たちは別に……。ええと、クラリエ卿は——聞かない方がいいですよね」

聞かない方がいいですよねってそれもう聞いてるよ、ラナさん!?

「いや、特段問題はない。今日は久しぶりにクレイドル陛下が城に戻られているので、王妃たちの蜘蛛が多く放たれていてな。それに紛れて余分なものもいたので——その駆除だ」

「ま、まあ……」

あああ、もう余計なことを聞いちゃった……。

「クラーク様のやり方は抑圧されていた者たちを解き放った代わりに、押さえつけていた者たちから強い反発も受けていてな。エリリエ姫との婚約も、かなり無茶をしたものだ」

「え……」

ああ、やっぱり。ラナは俺を見上げて少し意外そうだけど、『青竜アルセジオス』でアレファルドが同じようなことをしたら反乱待ったなしだろう。

深い溜息を吐くクラリエ卿。『聖なる輝き』を持つ者でありながら、騎士として現役なのを見ると、この人の苦労が窺える。

「しかし、貴殿らを呼び寄せるとはエリリエ姫もやはり王族だな。ただ、あまり派手にやると君たちも目をつけられかねないぞ」

「き、気をつけますわ」

「小麦パン屋か。儂も楽しみにしている。……必要なら番犬を1匹貸すが、必要かね？」

「いいえ。問題ないです」

「そうか。きみは元々アレファルド王子の影だったな。不要な心配だったか」

存外親切だな。でも、クラリエ卿と繫がってしまうとクラーク王子にも筒抜けになるんだよなぁ。〝番犬〟の申し出はファーラの護衛の観点から魅力的だし、嬉しいんだけど。

「せっかくの逢瀬を邪魔して悪かった。儂から言うことでもないが、エリリエ姫はクラーク様にとってこの国の因縁に巻き込んでしまった相手。こちらとしてはもっとサポートしたいのだが、我らが手を出しすぎると彼女のためにならぬ。君たちが彼女に寄り添ってくれるのは、こちらとしてもありがたい。手助けできることがあれば気軽に頼んでくれて構わんよ」

「あ、ありがとうございます」

「ではな」

部下を連れてその場から去っていくクラリエ卿。

ああ、でも、なるほどな。本当はクラーク王子もなんとかしたいのか。手を出すと角が立つし、エリリエ姫が自分で実力を示さないと今後延々『王の後ろに隠れたままの王妃』と、後ろ指さされ続けるもんね。

「も、もう少し歩く？」

「そ、そうね」

クラリエ卿の登場で、一瞬仕事モードな気分になったけれど、せっかく景色のいい場所に来たんだし……もう少しラナと一緒に、いたいし。

「わあ、あれって全部麦？」

「そうだね。麦ってこんな時期にもう黄色く実るんだ」

畑一面黄金色。見渡す限り、全部。

『緑竜セルジジオス』でも麦は育てられているけれど、5〜6月が収穫期なんだねぇ。

結構、自分が食べているものに興味があんまりないのかもしれない。

「突然だったけど、来て良かったわね」

「ああ……本当に突然だったし急だったねぇ」

まさかの宝玉竜のお迎えだもん。帰りもお願いしたいね。めっちゃ速かったな。

「それにしても、国によって空気が本当に違うわよね。『黄竜メシレジンス』は、なんか暖かい」

「まあ、まだ5月だし」

「去年の5月ってなにしてたかしら……？」

「えーーーと……生活基盤を整えるために色々してたっけ。牛とか羊とか、お迎えしたような」

「ああ、小麦パン屋の話とかも本格的に始まっていた頃よね。ええ……1年が早すぎる」

「分かる」

たった1年でいろんなことがありすぎるし、別の国とはいえまた貴族になるとは思わなかったし――墓までしまい込むつもりの恋が、叶うなんて。

「――――」

風が畑の方に吹く。髪が邪魔だな、と手で押さえる。ふと、ラナが俺を見上げているのが見えた。ちょっとだけ、期待したような――。

「あ……あんまり、普通はこういう話をしないと思うんだけど」

「え？　うん？　なに」

「フランは、子どもって、どう思ってる？」

「え？　子どもは好きだけど……」

「それは知ってる。じゃ、なくて……一応結婚して1年経つし、生活も安定してきたじゃない？　でもお互い仕事は忙しいし、これからもっと忙しくなると思うから、タイミングがあると思うのよ。気球や飛行船は私、あんまり関わってないから、タイミング的にはいいと思うし」

「ん、う、うん……？」

な、なんだ？　ラナはなんの話をしているんだ？　子どもの話なのは分かるんだけど、タイミングとか一体なに？

「うちには施設の子たちも来るから、きっと子育てもそんなに厳しくないと思うし」

「え？」

「え、えーと……だ、だからね……『緑竜セルジジオス』に戻ったら、こ――子ども、考えない……？　わ、私と、フランの」

「!?」

お、あ、お……お……？　え……？　俺、あ？　と、え？　なんて……？

「――ラン、……ン！　フラン！」

「はああ!?　あ、え、え!?」

「大丈夫!?　今、どこかへ旅立ってたわよ!?」

そんな気がする。俺は今、どこへ……？

「え、ええと、今の私の話、覚えてる？」

「あ、う、え、で、でも……で、ででででも」

「落ち着いて？　大丈夫だから！　でも、ほら、一応私たち結婚して1年経つし、子ども部屋も空いたし、私の方の仕事もちょっと落ち着いているし、今度の執筆の仕事も家でできるものだし、タイミング的に今かなって思ったのよ！　そ、それに貴族としてはお世継ぎのことも考えないとじゃない!?　ね!?　一応、ほら！　私たち貴族だし！　べ、別にレグルスに焚きつけられたからとかじゃなくてね！」

　レグルスに焚きつけられていたのか……!?

「フランが純情で奥手っぽいから、私がはしたないとかじゃなくて貴族の、そう！　さ、最近よく『ライヴァーグ夫人』って呼ばれる機会が増えたから、なんていうか、今日とかも！　だから、貴族の夫人としてお世継ぎは産まなきゃなー、みたいな！」

　ものすごく早口で言ってるけど、ラナの言うことはごもっとも。実家の親父の手紙にも時々『子どもはできそうなのか？』って文言は入っている、時もある。

　さすがに相手が元公爵令嬢だし、急かすようなことはできないみたいなのだが、親父も母さんも気にしているみたいなんだよなぁ。

　で、でも、こ、子どもってことは――。

「……え、あ、で、でも、でも、いや、まあ、それは、い、いつかは、とか、俺だって思っていたりはするけど、で、でも……え、でも……！」

「ぐう、かわいい……!!」

「え？」

　なんて？

「こほん！　な、なんでもないわ。……えっと、その……私の実家からも、最近そういう内容の手紙が増えてるのも、あるんだけどね」

あ、ああ……ラナの方もかぁ。

しばしの沈黙。いやこれはつまり、ラナの方から俺にそういうことをしっかり視野に入れろっていうメッセージなんだ。ちゃんと覚悟を決めて、考えなきゃ。

「えっと、でも、ラナは──ラナはどう思ってるの？　その、こ、子ども……」

「わ、私？　えっと、フランとの子どもなら、欲しいわよ。正直自分が子どもを産んで母親になるとか想像がつかない部分はあるけれど」

「そ、それは俺も──」

「いえ、フランは絶対いいお父さんになるわよ。だって、子ども大好きじゃない」

断言された⁉　いや、まあ、子どもは確かに大好きだけれども。それと父親は、話が違うんじゃないだろうかと思ったり。

「ファーラたちのお世話をするようになってから、私も子どもは結構好きになったわ。だけど、やっぱりフランみたいに兄弟がいたわけじゃないから、自分がいい母親になれるか自信はないの。で、でも私、フランとの子どもなら、大事に育てられるかも……なんて──」

「ラナだっていいお母さんになるよ」

「そ、そうかしら？」

「うん」

明るくて活動的で、やる気のない俺をいつも引っ張っていってくれる。ラナがいなければ、俺はきっとなんの色もない世界でぼんやり生きていた。

「ラナがいたから俺は、今本当に幸せに生きてる。ラナが許してくれるなら……俺も——」

「っ……じゃ、じゃあ、家に帰ったら、挑戦して、みま、せんか……」

許してくれるなら、が、頑張ってみようか。

「うん。……じゃあ、あの、そろそろファーラを迎えに行こうか」

「え、ええ。そうね」

気絶するかもしれない。気絶しないように頑張る。

4章　反撃のお茶会

5月下旬。俺たちがこの国に来てあっという間に20日経った。

今日はクレイドル王の側室妃様方主催のお茶会だ。……クラーク王子の側室を選ばせるための、エリリエ姫をこき下ろしにするための地獄のお茶会。

だがそれも今日まで。ラナが十分な準備をして、ファーラがしっかりと着飾り現れる。俺はファーラのエスコート役だが、クラーク王子がいるので早々に端の方で使用人もどきに擬態します。

城の薔薇園の一画で開催されるお茶会には、すでに主催の妃が5人。妃たちはクレイドル王を取り囲み、「陛下とお茶会だなんて何年ぶりでしょう」とご機嫌だ。対するクレイドル王は、あからさまにテンション低い。

ファーラが聞いたクラーク王子の話を思い出すとちょっと面白いね。

その妃たちが推すご令嬢が5人。ファーラが到着すると目の色が変わる。

「ま、まあ、なんて可愛らしい……！」

「初めまして、ファーラ様。お会いできて光栄ですわ！」

「あ、ええと、初めまして。ファーラと申します。平民の出ですので、失礼がありましてもご容赦頂けますと幸いです」

「「「まあ～～～」」」

5人とも下心のようなものは感じない。小さい女の子が単純に可愛いようだ。

「お待たせしました」

腕を組みながら現れたのは、エリリエ姫とクラーク王子。どうした、って思うほどキラキラした王子様然とした暗めの橙色の着物。エリリエ姫も明るめの橙色の着物で、2人が並ぶと華々しくて非常に——美しい。

一瞬、植木の側に佇み、使用人とメイドに扮する俺とラナをクラーク王子がちらりと見る。なんとも楽しそうな笑みを浮かべたような気がするが、見なかったことにしよう。

それよりも、ラナのメイド服というレアな姿をひっそり楽しみつつ、ファーラのサポートに集中するとしましょう。

「ファーラ様、来てくださってありがとうございます」

「いいえ。お誘いありがとうございます。エリリエ様」

「っ！」

エリリエ姫がファーラに挨拶すると、数名のお嬢様方が明らかに目の色を変える。扇子で口許は隠しているが、目が、もう……。

「……ファーラ様は、エリリエ様がお誘いになりましたの？　まあ、どうやって？」

特にきつい眼差しを向けていたのが金髪で深紅の瞳のご令嬢。あの目許からいきなり優雅に微笑むとか、さすが側室候補——元は王妃候補。

そんな令嬢と対峙してもエリリエ姫は臆することはなく、真っ直ぐ見て微笑んだ。

「わたくしの兄の誕生日に来てくださいましたの。その時に、お友達になってくださいましたのよ。ね」

「はい！」

「っ……そう、なんですの。『守護竜の乙女』とこんなに早くお会いできるなんて思いませんでしたから、エリリエ様には感謝しなくてはいけませんわね」

こわ。笑顔だけど後ろに怒りのオーラが見えるんですが。

「——本日は父上も来てくださったのですね」

「あ、ああ」

すごくいい笑顔でクレイドル王にジャブを打ち込んだのはクラーク王子。

居心地悪そうな陛下に、側室の妃たちは再び話しかけ始める。どうやら彼女たちの興味はクレイドル王からの寵のようだ。

失礼ながら、ちょっと意外。クレイドル王はとっとと隠居したそうなんだもん。そんなクレイドル王の寵愛を得て、彼女たちになにか利益があるとも思えないんだけど？

ただ、いつも側室候補のご令嬢たちと共にエリリエ姫をいびる継母の皆さんがクレイドル王の方に集中してくれているのは助かるね。

「ファーラ嬢がいらっしゃると聞いたからな。どうぞゆっくりしていってください」

「はい。エリリエ様と、いっぱいお話ししたいと思います！」

「ははは……いやはや、エリリエ様は人望が厚いようだな」

「え、ええ。そのようですわね」

ファーラの満面の笑みに、クレイドル王のたじたじとした態度。それに賛同することになった妃たちも、どことなくしどろもどろ。今までどんなふうにいびってきたか知らないけれど、今日はクレイドル王もファーラもいるから迂闊なこと言えないもんね。

クラーク王子のスカッとしたと言わんばかりの笑みたるや……。

しかし、今日はこれでは済まない。エリリエ姫の反撃はまだ始まったばかりだ。

「ごきげんよう、エリリエ様。先日は『青竜アルセジオス』の商人をご紹介頂きありがとうございました。無事に〝浄水虫〟を入荷することが決まりましたわ。父もとても喜んでおりました。お礼の品を持って参りましたので、後ほどご確認ください」

「それはなによりでしたわ！　お礼の品、後ほど確認させて頂きます」

エリリエ姫に声をかけてきたのはソアラ嬢。先日ラナと俺の方で実家とつき合いのある商会に手紙を出した。クラーク王子の側室候補の1人であるソアラ嬢の実家が汚水問題に頭を抱えていると分かったからだ。どうやら無事に繋がりを持たせて解決の道筋が見えたようだ。

5人の側室候補のうちの1人をエリリエ姫が認めさせたのは、他の4人へ大きな衝撃を与えたことだろう。これまでは集団だったのだ。すぐに勢力が変わるわけではないだろうけれど、1人が離れたのは出だしとしては十分。

「そうだ。エリリエ、今日は新しい茶請け（ちゃう）の菓子があるんだろう？」

「あ、は、はい！　大変素晴らしい商品を作って頂いたんです！　クラーク様にもぜひ食べて頂きたくて……」

ちら、とエリリエ姫からの合図。すかさずラナが教育した侍女たちが、数種類のカットした小麦パンと、ラナが試行錯誤した甘露芋のスイーツを並べる。

「ほう……これはこれは」

「わあー、美味しそう！」

「おお、もしやこれは『緑竜セルジジオス』で流行っているという小麦パンか……!?　まさかエリリエ殿、小麦パンを輸入するルートを手に入れたのか!?」

なんと最初に食いついてきたのはクレイドル王だ。さっそくテーブルに並べられたパンを、口に入れていく。

「んん。これが小麦パン……小麦の香りが口に入れた瞬間広がる……」

「あ、は、はい。元々小麦パンは『黄竜メシレジンス』にこそ普及させるべきと、クラーク様が事前に『緑竜セルジジオス』の商人にお声がけくださっていたのですが、今回支店が動いてくれて、王都の貴族街に店舗を開くことになりました。こちらはその店舗で販売予定のメニューの一部です。レシピを城のシェフに提供頂きましたので、ご希望の方にはシェフの貸し出しも致します」

にこり、と本気の善意の微笑み。エリリエ姫のこういう天然で煽るところがおっかないんだよなぁ。そんなこと言われたら、令嬢たちは苦々しくもエリリエ姫に頭を下げて頼むしかない。ここで頼まなければ中級貴族にすら後れを取ることになる。

「え、ええ、もちろんよろしくお願いします」

「わ――わたくしの家もよろしくお願いしますわ」

「わたくしも……」

5人全員がエリリエ姫に頭を下げたし、クラーク王子もすごくニコニコ。今までのお茶会そんなにヤバかったのだろうか……。

「それで、こちらのお菓子は？」

あんなにニコニコ笑っていたクラーク王子が、ラナの開発した甘露芋のお菓子を手に取る。

正直十分やり返したところなのだが、クラーク王子はまだまだ足りないらしい。用意している全部を惜しまず出すつもりだな、これは。別にいいけど。

「スイートポテトというお菓子ですわ。今流行っている『紫竜ディバルディオス』産の甘露芋を蒸かしてこしたものに、生クリームを混ぜ合わせて焼きました。ほどよい甘さと滑らかな口当たりで、手が止まらなくなりますの。わたくし試食だけで3つも食べてしまいました」

それはマジ。ラナが昨日完成品の試食をお願いしたら、エリリエ姫は目をキラキラさせながら3つを完食してしまった。貴族街で売られていたタルトやパイは、元々甘い甘露芋に砂糖を加えてしまったから、甘すぎて少しずつしか食べられなかった。

ラナが作ったのは蒸かした甘露芋に生クリームを加えてこしたものを、小麦パンの生地に包んで焼いたもの。俺でも食べられるほど甘さ控えめで食べやすい。

食べやすいからこそぺろりと3つも食べてしまったんだと思う。

「色合いも美しいね。デザインは少々庶民的な気もするけど」

「とっても美味しいんですよ！　クラーク様も食べてみてください」

「そうだね、頂こうか」

クラーク王子が口にすれば、他の者たちも口にしないわけにはいかない。

さっきから敵意剥き出しの金髪令嬢も、しれっと右側——エリリエ姫がいるクラーク王子の逆隣を確保してスイートポテトに手を伸ばす。そしてすぐさま「嫌ですわ、手がべとべとになりそうですわ」とさりげない嫌味を忘れない。そのための紙ナプキンが置いてありますが？

「本当だ、口当たりが思ったよりもずっと滑らかだね。それに甘露芋のお菓子でこれほど甘くないものも初めて食べた」

甘露芋のお菓子、よっぽど甘いものしかないんだな。クラーク王子は俺より甘いもの大丈夫な人だと思うけど、本気で感動している表情でちょっと震(ふる)えた。甘いものは正義かもしれないが、ものには限度というものがあると思います。

「素朴でとても優しい甘さだね。お茶にもしっかり合うし、パン生地で包んであるから思った以上に指も汚れない。これも小麦パン屋で売るのかな？　それなら『紫竜ディバルディオス』との交易品として、定番になりそうだね」

「はい。その予定です。他にも菓子パンというものを販売するそうですわ。これとは別に、甘露芋パンというものを作ってくださるそうで、今からとっても楽しみなんです！　甘露芋は秋が旬(しゅん)ですので、秋までにはもっとたくさんの甘露芋を使ったお菓子が流行ると思うと……はあ、本当に、本当に楽しみですわ〜！」

「――そう」

あ。

クラーク王子がエリリエ姫に対して見せた笑顔が、あまりにも実家で母さんを見つめる親父の眼差しと似ていて「意外にも本気だったんだな」と思ってしまった。王族同士の結婚なんて、両国の国益を考えた政略結婚でしょ？　でも、クラーク王子は本当にエリリエ姫のことを大切に思っているんだな。

あーあ、本当に、未だに苦手意識は残ったままだけど……1人の女性を愛おしく思う気持ちは、とてもよく分かってしまう。俺もラナと一緒にいる時、あんな表情をしているんだろうか？　なんかそう思うと唐突に恥ずかしくなるな。

「！」

ラナが真顔で、一番離れた場所にいる夕暮れ色の髪のご令嬢を見ていた。赤い瞳がクラーク王子をじっと見つめているが、なんとなくぼんやりとしていて心ここに在らず、という様子だ。

ラナはどうしてあのご令嬢を見ているんだろう？

「あ、そうですわ。それから、クラーク様がご支持なさっている出版に関しても、わたくしのお友達が『緑竜セルジジオス』のカミノキを輸入して、いんさつき……？　という竜石道具を依頼してくれれば開発してくれるそうですわ！」

「いんさつき？　ああ、なるほど！　竜石道具に印刷を任せればいいんだね！　それは盲点だった。いいね。あとで依頼書を作っておこう」

「はい！　この国の国民の方々にも、もっと本を読む文化が広まるといいですね」

「そう！　そうなんだ！　『紫竜ディバルディオス』は小さな子どもまで文字が読めるので、本当に驚いたんだよねぇ。寺子屋という子どもが学問を学べるあのシステムは、本当に素晴らしい。我が国でも導入したいのだけれど、まず本が高価すぎてなかなか……」

『紫竜ディバルディオス』は絵師がたくさんいるので、紙でなにかを見る、というのが普通なのですわ。『黄竜メシレジンス』でも絵師に仕事を割り振るといいかもしれませんわね」

「そういうものなのか。今度詳しく教えて欲しいな」

「はい、もちろんですわ」

いやあ、さすがエリリエ姫。天然て本当に怖いね。クラーク王子の右側にいるご令嬢の顔が令嬢としてはアウトなレベルでギンギンに歪んでいる。クラーク王子がエリリエ姫に向き直り、鬼の形相を隠しているおかげで、エリリエ姫からは分からないようになっているけれど。クラーク王子が手馴れていて、これが毎回だったらと思うと確かに胃が痛むな。

それに、聞いていたよりもエリリエ姫はきちんと〝他国からの嫁〟の役割を果たしている。他国の良い文化を取り込むための政略結婚だ。クラーク王子が『紫竜ディバルディオス』から取り込みたい文化を明確に持っているのなら、他のご令嬢たちはやはり太刀打ちできない。

あの鬼みたいなご令嬢以外も、この話題には誰も口を挟めないからエリリエ姫を睨みつけている。さっきラナが見ていたご令嬢だけが、相変わらず興味がなさそう。

「まあ、クラーク様。このお茶会は側室を選ぶものですのよ。次期王妃様ばかりではなく、側室たちとも交流を持って頂かないと」

「おや、側室は不要だと再三お伝えしておりますが？　陛下にも妃の皆さんに余計な気を回さないように、伝えておいてくださいとお願いしてあるのですが――」

微笑みながらクラーク王子の視線はクレイドル王へと向けられる。平然とした表情でその視線から目を逸らし、居心地悪そうに咳払いする姿は、現王とは思えない。

「あ、ああ。それはもちろん、伝えたが」

しどろもどろなのが隠しきれてないいんだよなぁ。空気読んで、と言わんばかりに、自分の側室をチラッと見るが、側室たちは一斉に眉尻を吊り上げる。

「そういうわけにはいきませんでしょう？　お世継ぎは少ないよりも多い方がようございます」

「へえ？　それは陛下の前で言ってよろしかったのですか？」

「っ――変な言いがかりはおやめくださいな。一般論ですわ！」

クレイドル王の側室――クラーク王子の継母の１人が盛大に噛みついてきたが、にこやかに陛下を巻き込んで返り討ちにしたな。クレイドル王も子ができなかった原因が自分にある自覚があるから、側室たちには強く出られないっぽい。というか、本当に地獄のお茶会が過ぎる。これいつまで続くの？　ファーラが心配で使用人に扮して見守っていたけどこれで開始5分弱と思うと、無関係な俺まで胃が痛くなってきた。

「はーい！　ファーラは『加護なし』だけど『聖なる輝き』を持つ者になったので、一般論は時代に応じて変化していくものだと思いますー」

「うっ！」

手を挙げてにこやかにファーラが口を挟んだことで、側室たちが一発で静かになる。説得力がありすぎる。クレイドル王も「そうだな」と賛同したのがとどめ。側室たちは「それもそうですわね」と引きつった笑顔を浮かべながら席に戻っていく。

ああ、もう……ファーラがすっかり権力の使い方を理解してしまって……。

「あ！　そうだ！　クラーク王子様、あのねあのね」

「うん？　なにかな？」

「この国の商人の人に、『竜の遠吠え』の時に竜石道具の竜石核が壊れちゃうことがあるって聞いたんです。それって竜石道具を作る時の事故と同じなんじゃないかなって、思いました。あたし、『緑竜セルジジオス』にある竜石職人学校で事故防止のお手伝いしているんですけど、『竜の遠吠え』の竜石核も『加護なし』が抱えてたら壊れないんじゃないかなって、思うんです」

「｢！｣」

ああ、それも話してみようねって言ってたね。ファーラは自分以外の『加護なし』のことを、本当に気にかけているんだな。偉い。大変素晴らしいと思います。

でもクレイドル王とクラーク王子の反応は、俺が思っていたものとは違っていた。目を見開いて、硬直している。あれ？　ちょっと驚きすぎでは？

「それは、本当にできそうなのかな？」

すぐにいつものクラーク王子。優雅な笑みを浮かべ、優しい声で確認する。ファーラも少し戸惑いながら「た、多分」と答える。正直こんな反応が返ってくるとは思わなかったもんな。

ファーラが頷いたので「そうか」とだけ頷いてクレイドル王と目配せする。

「あ、あのう？」

「ああ、すまない。実は我が国にとって『竜の遠吠え』による竜石核の破損は、もう何百年と続く頭の痛い問題なんだ。我が国で『加護なし』は発見し次第国外追放だったから、考えたこともなかったよ」

「む、むう……！　『加護なし』は体質です！　前にセルジジオス様に聞きました！　その国の竜力と相性がよくないだけで、他の国に行ったら『加護なし』じゃなくなることもあるって！」

なお、そのことを聞いてからファーラにこの国の竜石道具に触れてみてもらったりしているが、どうやらこの国の竜力とも体質が合わないらしく、今のところ『緑竜セルジジオス』と『黄竜メシレジンス』はファーラに合わないということが分かっている。

今後また『青竜アルセジオス』や『黒竜ブラクジリオス』に行く機会があれば、改めて調べるつもりではあるけどね。

「そうなのか！　では国外に行ってもらったのは間違いではなかったのだな」

「国外に〝追放〟していたんですよ、父上。もし『加護なし』の力で『竜の遠吠え』の竜石核破損がなくなるのなら、彼らを追放したのは失策です」

「む、むう……ま、まあ、それは今後、本当に『竜の遠吠え』での竜石核破損がなくなればの話ではないか。ぜひ、ファーラ嬢に『竜の遠吠え』の時に証明して頂きたいですな」

おっと。さすが転んでもただでは起きないクレイドル王。ファーラを『竜の遠吠え』の来る7月まで、この国に滞在させようとしておる。

政治家ならば通じるその言葉の裏――でも。

「あ！　だったら、今『青竜アルセジオス』に邪竜信仰の『加護なし』がたくさん捕まっているので、その人たちを罪人……えーと、なんか悪いことをした他国の人を働かせる法律？　で、働かせてください！」

罪人労働法だね。危うく口出ししそうになった。でもクラーク王子がすぐに「他国の罪人を働かせる法案だね」と察してくださる。純粋に他の『加護なし』を思って勧めるファーラと『聖なる輝き』を持つ者にしばらく滞在して欲しいクレイドル王の、この噛み合わなさよ。見ている方は普通に面白いのでこのままでもいいかなって思うけど。

「そうだね。それはいい考えだ。『青竜アルセジオス』ね。……ふふ」

あ、ああ……！　これは別な意味でセーフ！　ファーラがクラーク王子のお気に入りであるアレファルドを差し出した形になってしまった！

残念だ、アレファルド。クラーク王子に『加護なし』を引き取りに行くという名目で『青竜アルセジオス』に行く理由ができてしまった。合掌。アレファルド頑張って。

「！」

ラナがこのタイミングを逃すな、とばかりにエリリエ姫に目配せする。そう、この——『竜の遠吠え』の話題のうちに最後の〝アレ〟をぶっ込むチャンス！

「『竜の遠吠え』といえば、わたくしが懇意にしておりますレグルス商会から、新商品が届いていますの。揚げ物なのでパンとは別にご用意したのですが、ちょうど揚がったようですわ」

「ん？　揚げ物？」

「はい。実は庶民向けの料理として販売予定なのだそうですが、こちらも小麦パンを使って作られておりますの。この国の人々が『竜の遠吠え』を少しでも心穏やかに乗り越えられるよう、『竜の遠吠えコロッケ』として売り出されるそうですわ。試食させて頂いた時はあまりのサクッとホックホックで口の中が幸せでしたわ～」

「お茶会で揚げ物って……正気ですの？」

「晩餐会（ばんさんかい）にも出ませんわよ、揚げ物だなんて」

「それとも北田舎の『紫竜ディバルディオス』には、お茶会で揚げ物を出す風習が？」

クスクスと嘲笑（あざわら）い始めるご令嬢方。

俺は驚いた。ラナが想定していた以上に嫌味皮肉がショッッッボイ！　これならまだラナが「こんなこと言われるかもしれませんわ」とたとえでいくつかの嫌味皮肉を聞かされた時の方が怖かった。

アレを聞かされたせいか、エリリエ姫は笑顔で「『紫竜ディバルディオス』では天ぷらが普通に出ますわ。油をふんだんに使う揚げ物は高級品でしてよ。料理人の腕も試されますし」と笑顔で切り返す。ラナが言い返しをいくつか提案していたので、かなり強気だ。

さらに「この国はオリーブオイルやコーンオイルなども名産品ですし、揚げ物はもっと普及させるべきではないでしょうか！」と続けると、クラーク王子も「確かにそうだね」と乗ってきた。こう言えば『黄竜メシレジンス』の今後の発展も視野に入れた提案、という主張になるから、断りづらくなるよね。

実際顔をしかめていたクレイドル王は「油の使い道を増やすと！」と、急に興味を示した。

小馬鹿にしていた側室たちとご令嬢たちが、クレイドル王の表情を見て困惑し始める。

「ファーラも食べたい〜」

ここでとどめのファーラ。こう言われると流れは完全に試食に傾く。

「わたくしも食べてみたいですわ。我が領地はひまわりでオイルを生産しておりますの。使い道が増えるのでしたら、興味がございます」

「まあ！　テリサ様！」

なんとここにきてソアラ嬢以外で初めて援護発言をする者が現れた。元々ラナは側室候補の令嬢たちの家を調べたりしていた。それがここに来て効いてきたらしい。コロッケは『黄竜メシレジンス』に来る前から作って売り込む予定ではあったけどね。

それよりも、手を上げて援護してきたご令嬢は、ラナがジッと警戒するように見ていた端の方で興味なさそうに眺めていたお嬢様だ。

この国の人にしては珍しくオレンジ色に近い髪色と、俺よりも深い深紅の目。穏やかそうな顔立ちだが、このタイミングで長いものに巻かれるのを選択するあたり、エリリエ姫に与するタイミングを見計らっていたのかも。

テリサ嬢を抱える側室もスンっという表情。寄子の令嬢を側室に据えられればそれでいいのだ。分かりやすく敵対するより、味方になった方がいいということなのかもしれない。

テリサ嬢は運ばれてきたコロッケをエリリエ姫の右隣で試食し始める。一口食べて、驚いた顔。しかし、その表情が味の感想をなにより物語っている。

「おっ、美味しい……！　本当にサクサクした衣に、中身はホクホクの……これはなんですか？お肉も入っているようですが」

「今回作ってもらったのはジャガイモと挽肉の牛肉コロッケと、先ほども召し上がって頂いた甘露芋、そしてホワイトソースの３種類です！」

クリームコロッケは、美味しいよ。試食したら一番好きだった。ちなみに同じパン粉を使った揚げ物シリーズで、ラナがお薦めしていたカツ。豚のロースに塩を振り、溶き卵に浸してパン粉をつける。好みによって衣を厚くしたければ溶き卵とパン粉を繰り返しつければいい。それをやや低温の油でじっくり揚げて熱を通すと、外はサクサクで中は脂を吸ったロース肉の旨味が塩で軽く味つけされ、いくらでも食える。

ちょっとラナの前世料理の再現メニューの中で俺のトップランキングが塗り替わった。

「ではこちらの大きめのパンは？」

テリサ嬢に食べやすくカットされたコロッケの横に添えられたのも、ラナの前世料理の１つ。

パン粉を使ったメニューを、コロッケとカツ以外にもいくつか作ってくれたのだ。

「こちらはカレーパンですわ。中にカレーを詰めて揚げたパンで、こちらも小麦パン屋で販売予定です。『紫竜ディバルディオス』にはないスパイシーな味わいと、衣の香ばしさ。小麦パンと相性抜群なカレーを新たにブレンドして頂きましたの。小麦パンをパン粉という衣にしたことで、無駄をなくし用途をさらに広げたのですわ」

「本当だ、とても香ばしくて美味しいね。この衣にもパンが使われているのか。すごいね。これなら食べきれなくてもパン粉にして別な料理に使えるということか」

「はい！　そうですわ！」

「素晴らしい！　『紫竜ディバルディオス』で小麦パンの存在を知った時、保存食にもなる小麦パンもあると聞いた。『竜の遠吠え』の時の保存食になり、無駄もなく再利用もできる。しかも油の使い道も増えるとくれば、国で推奨しても問題はないでしょう。ねえ、父上」

くるりとクレイドル王を振り返るクラーク王子。これは最終確認だ。小麦パンを新たな産業として認め、国を挙げて推奨し普及させることへの。

クレイドル王も「うむ、異論はないな」とあっさり頷いた。

国王にプレゼンが認められた瞬間だ。クラーク王子の爽（さわ）やかな笑顔がものすごくドヤ顔に見える。多分気のせいではない。めっちゃ怖い。

他のご令嬢たちも分かりやすく睨みつけてくるし、それはそれでめっちゃ怖いけど。

「素晴らしいですわ、エリリエ様！　おめでとうございます！」

「テリサ様、あ、ありがとうございます」

真っ先に祝福の言葉を告げたのはやはりテリサ嬢。クラーク王子はこれに対しても目を細めるばかり。まだ油断する気はないってことのようだ。

しかし他のご令嬢たちもさすがに取り繕うのは早い。すでに淑女然として笑顔に戻り「おめでとうございます」「素晴らしいことですわ」など上辺だけはしっかりと祝いの言葉を贈る。

ファーラのこと、『加護なし』のことも含めると、国の行く末を大きく左右する提案ばかりだった。それを国王があっさりと認めたことは、エリリエ姫を次期王妃として異論がないと告げたのも同義。実際これ以上のものを彼女たちが用意するのは不可能だろう。

そうなると側室候補のご令嬢たちが次にできることは、テリサ嬢のようにエリリエ姫と友好関係を築いて少しでも今後の事業に関われるようにすることぐらいだ。それには今まで小馬鹿にしていたエリリエ姫に媚び諂わなければいけない。地獄のお茶会は様相を変えつつも、まだまだ続きそうである。

「そうですわ、エリリエ様！　１週間後、わたくしのお茶会にご招待してもよろしいかしら？　ファーラ様もぜひ！」

と、提案してきたのはテリサ嬢。さすがに次の手を打ってくるのが早い。この流れでファーラまで誘うのはすごいな。他のご令嬢たちもハッとしたように「我が家にもぜひ！」「我が家にも！」と続く。うーん、本当に素晴らしい手のひら返し。

しかし、こうなることはラナも予想済み。なんなら全部ラナの思惑通りに事が運んだ。なのでこれに対する受け答えも、ファーラはラナに伝授してもらっている。

「たくさんのお誘いありがとうございます。でも、あたしはこの国の貴族ではないし、貴族籍があるわけでもありません。招待状はあたしのお友達のエリリエ姫に送ってください」

「「「ぐ」」」

と、答えるようにと。上手にお辞儀も加えてしっかり答えられたファーラはむっふー、というドヤ顔。対するお嬢様方の歪んだ表情。どう転んでもエリリエ姫に頭を下げなければいけないのだ。それに対し、テリサ嬢は先にエリリエ姫を誘っている。エリリエ姫もファーラもこれにはこの場で答えなければいけない。

「わたくしは――えっと、ぜひ。ファーラはどうしますか？」

「えっと……エリリエ姫が行くなら行きます！」

「まあ！　では明日には招待状をお城にお届け致しますわね！」

こうしてエリリエ姫を目の敵にしていたご令嬢たちは綺麗に締め出されてしまった。

側室たちとの関係性もあるから、決定的なとどめは避けたけれど。これからは今までのように振る舞えないだろうな。

個人的にはテリサ嬢がいい人で、このままエリリエ姫の良い友人になってくれるなら俺たちもお役御免で帰国できるんだけど……ラナの表情を見る限りなんとなく1週間後のお茶会でその辺を判断することになりそうだ。


「それはそれとして大成功だったわね！」

「さすがラナ」

「さすがエラーナお姉ちゃん〜！」

「おーっほっほっほっほっほっほっほ！　もっと褒めてもよろしくてよ！　……っていうのは冗談だけど、なんとか上手くいきそうですね、エリリエ姫」

「はい。本当になにからなにまでありがとうございました！　なんとお礼を申し上げればよいか……！」


お茶会が終わり、薔薇園の会場に残った俺たちとエリリエ姫。そしてハノン・クラリエとクラーク王子。なお、クレイドル士と妃たち、側室候補の令嬢たちが帰宅したあとである。

クラーク王子とは会いたくなかったんだけれど、この状況では逃げ切れなかった。

それに俺は引き続き使用人の格好のままだ。クラーク王子も優雅にお茶を楽しむ姿は俺に絡んでくる感じではないし、まあいい。苦手意識はどうしても拭えないけども。

「お礼はなにをお渡しすればいいでしょうか？　やはり金銭でお支払いした方がいいでしょうか？　それとも他の物品がいいでしょうか？」

「まあ、エリリエ姫。そのお話はまだ早いですわ。ひとまずあのテリサ嬢が信用に足る方かどうか、見極めなければ。クラーク王子はテリサ嬢をどう思われますか？」

俺は絶対話しかけられないけれど、ラナは遠慮なくクラーク王子に話しかける。

それに対し、クラーク王子はソーサーにカップを置く。長い足を組み直して「そうだねぇ」と目を閉じた。

口調と態度が先ほどよりゆるく砕けた。取り繕うのをやめて、素に戻った感じだろう。

「テリサ・ヨーテン嬢は王都の東にある金鉱山脈を保有する『黄竜メシレジンス』有数の成金貴族ヨーテン侯爵家の長女。彼女の父親が義父様の側室の1人、ロミア様の後ろ盾を得て側室候補のお茶会に参加するようになったご令嬢。あまり積極的な方ではなく、非常に淑やかな淑女らしい方という印象だねぇ。ほとんど話したことはないので、それ以外のことはよく分からないけれど。ハノンはなにか知っているかな？」

「そうですね——部下から聞いた話ですと、最近ヨーテン金鉱から金が採掘されなくなっているという話は聞きます。金を採り尽くしたのではないか、と」

「へえ。……それなのにまったく積極的ではないのが不思議だねぇ。存外家のことはどうでもいい人なのかなぁ？」

「もう少し詳しく調べますか？」

そうだねぇ、とのんびり呟きながらクラーク王子が手に取ったのは、甘露芋のスイートポテトパン。丸齧りとは、かなり気に入っておられる……？

「そんな噂があるのならちょっと調べてもらおうかなぁ」

すごく美味しそうに食べておられるな。甘いもの、相当お好きだったんだ……。

「でしたらエリリエ姫がお茶会で探りを入れてみるのはどうでしょう？」

ラナがそう提案すると「いいえ、そこまでしなくてもいいですよぅ」と2個目のスイートポテトパンを手に取って微笑む。むちゃくちゃ気に入ってんじゃん。

「ファーラ嬢も行くということは、エラーナ嬢とユーフランもついていくのでしょう？　エリリエのことも守ってもらえると思うので、その時こちらでも動きますよぉ」

なるほど？　エリリエ姫とファーラに目を向けさせている間に、ヨーテン侯爵家とテリサ嬢を詳しく調べておくということか。それをエリリエ姫の目の前で言っちゃうあたりもうなんていうかって感じだけど。

「普通にお友達になれそうでしたら、お友達になってもいいんですよね？」

「もちろんですよ～。この国にはまだエリリエの味方が少ないですから。エリリエが王妃として国民と貴族の支持を多く得られるようになることは、僕にとっても願ったり叶ったりです」

「が、頑張ります！」

ふむ。やはりクラーク王子的にはエリリエ姫自身の実力で、国民と貴族たちに王妃として認められて欲しいんだな。強制的に認めさせる方法はあるにはある。リファナ嬢のように『聖なる輝き』を持つ者であれば無条件で祝福されるだろう。でも、さすがにそうじゃないからなぁ。

エリリエ姫には引き続き頑張ってご自分の価値を示していって頂かないと。

「それにしても、こんなに良いものを開発するとはエラーナ嬢は本当に優秀な女性ですねぇ。アレファルドはまったくおバカなことをしたものです。これほどの人材を国外に出してしまうなんて。まあ、そんな愚（おろ）かなところがまた可愛いんですけれど」

可愛いで済まされると国外追放された俺たちの立場が。

「あなたたちなら我が国にもぜひ来て頂きたいですねぇ。ファーラ嬢含め」

「申し訳ありません。わたくしたちは『緑竜セルジジオス』の民となりましたので。あ、でも」

「ん？」

「実は今、『緑竜セルジジオス』と『黒竜ブラクジリオス』、『青竜アルセジオス』にも協力してもらいながら『飛行船』というものを開発しようとしているんです。ですが、三国の技術力だけでは難しそうで、『紫竜ディバルディオス』の錬金術技術もお借りできないかエリリエ姫に話をしているところでして」

「ひこうせん……？　空飛ぶ船、ということですか？」

「はい！　……クラーク王子も投資なさいませんか？　資金提供という形ででも、一枚嚙んでおくと他国に後れを取ることはないと思うんですけれど」

さすがラナ～～～！　ここにさてクラーク王子から資金を引き出そうとしている～！

ここで『黄竜メシレジンス』からの資金提供を受けられれば、開発費の心配はなくなる。

「面白そうなので僕は構いませんけれど、僕——というか、『黄竜メシレジンス』を巻き込んでしまっていいんですかぁ？　ゲルマン陛下が拗ねません？」

クラーク王子、ゲルマン陛下のことをよくご理解なさっておられる。しかし飛行船の開発は『緑竜セルジジオス』だけでは無理だろう。それに、飛行船が完成すれば他国への行き来が格段に楽になる。国家間の移動が頻繁になるということは、『黄竜メシレジンス』も無関係ではない。だったらむしろ積極的に巻き込んだ方がいいだろう。

「『緑竜セルジジオス』で国を挙げた事業になっていますが、他国との合同事業にした方が確実に安全性の高いものができますもの。空を飛ぶものですからね、危険はどんどん減らしていくべきですわ」

「我が国の宝玉竜のようなもので、条件なくより大量の人間を安全に運ぶもの、ということですかぁ。物流の革命になりそうですねぇ」

「はい」

「それは――確かに仲間外れにされるわけにはいかないですねぇ。ぜひ出資させてもらいますよ～」

やはりクラーク王子はアレファルドとは格が違う。先を見据える能力も、情報収集能力も一国の王らしいものだ。

「でも企画書や資料は送って欲しいなぁ」

「レグルス商会メシレジンス支店を通してお送りしますわ。あ！　それから！」

「ラ、ラナさん？」

なにかスイッチ入ってらっしゃいませんか？

急に交渉人スイッチの入ったラナがどこからともなく取り出したのは、企画書の束(たば)！　い、いつの間にそんなに用意しておいたんだ⁉

「この国にも竜石職人学校を建てたらいいのではないでしょうか！『加護なし』を呼ぶのに竜石職人学校を理由にすれば、スムーズに申請できると思います。それから、平民にも文字の読み書きや計算を教えられるようにすれば、本も布教できると思うんです！　たとえば――絵と文字を組み合わせたカミノキの紙を、竜石道具の印刷機で大量に刷って安く販売するとか！」

絵と文字の組み合わせ……ああ、ラナの前世の世界にあったという〝マンガ〟というやつか。

確かに〝マンガ〟はこの世界でも流行りそうなんだよな。貴賤に関係なく教育にも使えると思う。クラナやクオンやファーラもロマンス物語小説で一気に文字を覚えたもんね。

そういう娯楽の方が興味を持ちやすい。今後レグルスが新たに『赤竜三島ヘルディオス』から子どもたちを引き取る予定だそうだから、そういう子たちへの教育にも使えると思う。

「絵と文章の組み合わせですかぁ。面白い発想ですねぇ。その印刷機という竜石道具も本の量産に使えそうですし。それに、本の装丁と挿絵に人気の絵師を起用するという考えもいいねぇ！　画家と作家両方の名前を一冊の本で宣伝できるし、画家も絵の幅が広がるし、作家も自分の物語に絵がつくのは嬉しいだろうし、みんなに有益だ」

「そうでしょう、そうでしょう！」

ラナ、そんなことまで考えていたのか。それも前世の知識なのかな？　ラナの前世の本は、そんな風になっているのか？　確かに宣伝効率がいいな。

クラーク王子の態度もさらに崩れてきている。これ以上クラーク王子にラナへ興味を持って欲しくないんだけれどなぁ！

「飛行船で物流が変われば本の量産も無駄にはならない。全国規模の商売になると思えば、竜石職人学校の建設は早めに着手してもよさそう。それに竜石職人学校の横に、作家や画家、商業、学業の専門学校を併設するのも面白い！　平民の文化レベルが格段に上がるねぇ。これは『緑竜セルジジオス』でも、もうやっていることなのかなぁ？」

「画家や作家はまだですわ。でも商業と学業はうちで預かっている子どもたちで成果が出ています。幼い子は呑み込みがとても早いんですよ」

「なるほど。幼いうちからの教育か。それは王侯貴族と同じだねぇ」

いやあ、クラーク王子は頭が本当に柔らかいなぁ。レグルス並みにスルスル話が進んでいく。

「これらはエラーナ嬢と懇意にしている商会でないとどうしてもダメかなぁ？」

「竜石職人学校に関しては、レグルス商会にノウハウがありますわ。飛行船もレグルス商会が王家の意向を代行して職人と提携して製造を請け負っているので、この２つに関してはレグルス商会を通して頂きたいですわ」

「なるほど。では支店を通して竜石職人学校を建設して、ノウハウを応用して印刷機を依頼した方が早そうだねぇ。いいだろう、その方向で進めよう。本の装丁に関しては、僕の関わりのある出版社に依頼しようと思うけれど、そちらは構わないかなぁ？」

「クラリエ出版ですね？」

にこり、とラナが名前を出した出版社は、先日ラナが出版の契約を交わしたところ。

クラーク王子は一瞬目を丸くして、すぐに「よくご存じですねぇ」と頷いた。

ラナはなにげなしに言ったのだと思うが、クラーク王子からすると「もうそこまで調べてあったとは」という評価だろう。素でやっているのだからさすがすぎる。

「本に関してはまだレグルスと話したことはないので、わたくしはクラリエ出版の方で対応してもらって構いませんわ」

「分かった。ではこちらは僕の方でやってみよう。……エラーナ嬢、本当に『黄竜メシレジンス』に来るつもりはありませんか？　子爵の爵位と領地も用意しますけど」

「いりませんわ！」

明るい笑顔でウインクしながらお断りするラナ。本来なら無礼（ぶれい）な振る舞いなんだろうけれど、クラーク王子は楽しそうに「やっぱり？」と3個目のスイートポテトパンを手に取った。

そのスイートポテトパンが止まらない姿に、エリリエ姫も「それ、美味しいですよね」と真顔で頷く。それに対して、クラーク王子も「これは止まらないね」と少し困ったように頷いた。

「太られますよ」

「分かってるんだけど、この甘すぎない素朴な甘さと手軽なサイズがちょうど良くて……！」

クラリエ卿がクラーク王子を咎（とが）める。クラーク王子、スイートポテトパンに完全にハマっておられるな。美味しいのは分かるけれど、ここまでハマるとは。

「そうそう、エリリエ姫とクラーク王子の夕飯に揚げたてコロッケを出すようシェフにお願いしてあるので、楽しみにしていてくださいね」

「揚げたて！　楽しみにしております～」

嬉しそうなエリリエ姫とは反対に、クラーク王子は「揚げ物って肌荒れるんだよねぇ」と唇を尖（とが）らせる。ああ、そんなことを言ったら——！

「まあ、でしたらクラーク王子にもこちらの商品をお試し頂こうかしら！」

「どこに持ってきていたのかな？　というか、それはなに？」

「男性用化粧品ですわ！　クラーク王子は美意識の高い方だと聞いていたので、持ってきたんですの。こちらの洗顔用石鹸（せっけん）でお顔を洗ってから、化粧水で肌を濡らし、乳液で整えるとふかふかさらさらのお肌になりますわ」

「なぜ男性向けの化粧品など作ろうと思ったのか詳しく聞いてみたいところだけれど、ひとまず全部買おうね」

「クラーク様！」

「お肌に合わなかったら使用は中止してください。お買い上げありがとうございます！」

恐るべし、ラナ。クラーク王子が完全にいいお客さんになっている……！

「あ、エリリエ姫にも新作のお化粧品をいっぱい持ってきてあるので、お2人でお使いくださいね。チークの新色は私も今使っているんですが、ネールピンクが入っているのですごく可愛いんですよ～！」

「へえ～、確かに可愛い色だねぇ。エリリエにはもう少し赤みが強い方が似合いそうだけど」

「そう仰ると思ってローズピンクもお持ちしました」

「ユーフランの奥さんは本当に優秀だねぇ。我が国にもこれほどの商人はいないよ」

「それは、ハイ」

うちの奥さんは本当に、本当に優秀です。しかしクラーク王子の目がマジなんだよね。

あまり有能さを示すと王族に目をつけられるって言ってるのに、もう。

「ユーフランもお化粧品試してみるかい？」

「イイエ」

ウワアアアアア、話しかけるなァー！　なんで俺が化粧を試さなければいけないんだ。

クラーク王子と話したくないのに、やたら話しかけてくるな～！

「流行りと見目に気を使っている女性をちゃんと気づいて褒めてあげるといいよ」

「うっ」

それは俺が今、ラナが新作のお化粧品を使っているのを知らなかったことを指摘しているようだ。ラナがいつも綺麗だから気にしてこなかったけれど、ラナはずっと流行りの化粧品を使っていたのだろうか。だったらそれに気づいて、褒めてあげればよかったのか。

　エリリエ姫と関係良好なクラーク王子が言うと、説得力がある。いや、褒める自体はいいことだ。もっとよく見るようにしようかな。でも気づける自信がない。

「なんにせよ今日のことでエリリエ姫の評価は変わるでしょう。気を抜くのは早計でしょうが」

「そうだね、ハノン。テリサ嬢とのお茶会での様子にもよるけれど、一番酷いところは抜けただろう。できればエラーナ嬢とユーフラン、ファーラ嬢にはそのお茶会まではエリリエの側にいてあげて欲しいなぁ」

「ええ、そのつもりですわ。ですが、さすがに家を空けすぎになりますのでお茶会後に帰国させて頂きます。その際はきちんとご挨拶に伺いますわね」

　ああ、ようやく帰れるんだ。ほぼ1カ月滞在して今日初めてクラーク王子に会ったんだし。

　できれば早く帰りたい。一刻も早く。ここから！

「寂しいですわ……。あ！　お別れの夜会を開きましょう！」

「まあ、エリリエ様。準備が大変ですわ。晩餐会でしたらぜひご招待ください」

「分かりましたわ！　では帰国する日を決めましたら、すぐ教えてくださいませね！　それから、報酬（ほうしゅう）も！」

「もちろんですわ！　適正価格を請求致しますので！」

そう言ってラナとエリリエ姫は顔を見合わせ笑い合う。歳は少し離れているけれど、本当に〝友達〟なんだな。

「ところでファーラ嬢はずっと大人しいけれど、コロッケそんなに美味しいのかい？」

「あ、ご、ごめんなさい。牛肉コロッケすっごく美味しくて止まらなくなっちゃって」

「僕もスイートポテトパンが止まらないから分かる」

クラーク王子はそれ4つ目だもんね……。

「ハノンもカレーパン食べてごらんよ。ハノンは絶対好きだよ」

「は、はあ……では、失礼して——おお、これは美味い。冷めてこれほどですと、できたてはさぞ美味でありましょうな」

「ね」

「ファーラ嬢が夢中で食べているコロッケは騎士団でも人気が出そうですね」

「カレーが一般的に『黄竜メシレジンス』で食べられるのでしたら、コロッケをカレーに載せるコロッケカレーとかも売れそうですね」

「な、なんて贅沢な……！」

ハノン・クラリエの好物はカレー、と。

「私たちが帰ったあと、エリリエ姫の考えってことにしてお城の食堂メニューに加えるのはどうかしら？」

「それはよい考えだな。武官や騎士にはすぐ人気メニューとなるだろう」

「ですわよね！　カツカレーやメンチカツカレー、ハムカツ、クリームコロッケ、カニクリームコロッケ、ウズラ串（ぐし）……揚げ物はなにをカレーに載せても美味しいもの」

「……とんでもないことを考える」

「揚げ物専門店とか、お酒が美味しくなりそうではありませんこと？」

「儂が出資しよう」

思いの外（ほか）クラリエ卿がラナと食堂メニューでめちゃくちゃ盛り上がっている。

クラリエ卿が出資して『黄竜メシレジンス』の王都に揚げ物専門店出店が決定してしまった。

「わあ。ハノンがそんなこと言うの初めて見たよぉ……!?」

普段涼（すず）しい顔をしているクラーク王子が、クラリエ卿の真顔発言に驚いている。

結構な酒飲みなんだな、クラリエ卿。

「ああ、もちろんそれもエリリエ姫の提案、ということにして頂いて構わんよ。エラーナ嬢もそれでいいかね」

「もちろんですわ！　その代わり揚げ物に合うライスエール開発の方にも、ぜひ出資して頂ければと――」

「出そう！」

なんか……エリリエ姫の功績にするというより、エリリエ姫の名前を使って好き放題にしているような？

まあ、反撃の狼煙は無事に上がったから、いいのか、な？

5章　女たちの闘い

1週間後。エリリエ姫とラナとファーラが既製品とはいえ新作のワンピースドレスを纏い、テリサ嬢主催のお茶会に参加すべく馬車でヨーテン侯爵領本邸へと向かった。

正直俺は行かなくてもいいんじゃないかなぁ、と思わないでもないのだが、ファーラの護衛としても保護者としてもラナの旦那としても、行かないという選択肢はない。

そういうわけなので、一応俺も俺なりにヨーテン侯爵家についてクラリエ卿に聞いてみた。

ヨーテン侯爵は王都を囲う山脈の東に位置する金鉱を広範囲預かる、由緒正しい歴史ある家。金持ちなのは『黄竜メシレジンス』貴族あるあるなのであまり深く考えない。

しかし、ヨーテン侯爵の金鉱は最近金の採掘量が減少し続けている。『聖なる輝き』を持つ者であるクラリエ卿がいるのに、国土資源が減少しているというのはおかしい。ヨーテン侯爵家が守護竜メシレジンスの意思に反することをしているのか、あるいはメシレジンスの力が及ばないほど掘り尽くしてしまったか。

そう考える者もいたのだが、ヨーテン侯爵家は別の主張を行った。

『紫竜ディバルディオス』でティム・ルコーが『聖なる輝き』を持つ者の資格を奪われたこと

を引き合いに出し、「ハノン・クラリエ卿の『聖なる輝き』が力を失ったのではないか」と噂を広め始めているらしい。

なので、クラリエ卿からするとヨーテン侯爵家にいい印象がないそうだ。それはそう。

もっと言うと、クラリエ卿と特に懇意にしているのはクラーク王子だ。2人の関係性は他国でも有名。しかも『聖なる輝き』を持つ者への批判はクラーク王子だけでなく守護竜メシレジンスにも不快感を与えるだろう。

ただ、クラリエ卿曰く「儂は『聖なる輝き』を持つ者としての力は、元々あまり強い方ではない」らしく、また「しかしヨーテン侯爵家の金鉱の採掘量が減っているのは、ティム・ルコーの件が発覚する前から」とのことだ。

詳しく言ってなかったけれど、クラリエ卿は王家の暗部がヨーテン侯爵家を長い間監視対象にしている、と非常にやんわり俺に分かるように教えてくれたんだよね。

クラーク王子の婚約者候補にそんなヨーテン侯爵家のテリサ嬢がいるのは、それだけ彼女の実家と後ろ盾の側室の力が強いからだ。当然クラーク王子としては一番最初にテリサ嬢を「なし」と却下している。ヨーテン侯爵家、後ろ盾の側室がそれに気づかないわけはなく、標的をエリリエ姫に変更したのだろう――というのがクラーク王子とクラリエ卿の見解。

しかし、テリサ嬢自身は先日クラーク王子が言っていた通り非常に淑女然とした、お手本のような穏やかなご令嬢。実家や後ろ盾の側室とは、考え方が違うのではないか?

もしかしたら、本当にエリリエ姫と友人関係になってくれるかもしれない。

テリサ嬢自身の発言力が強まれば、ヨーテン侯爵家も中から変化するかもしれない。

だから今回のお茶会は、他国民の俺や、他国から嫁いできたエリリエ姫が考えているよりもはるかに重要なものになる。

それとは別に、詳しい話を聞いてしまった俺はクラリエ卿から1つお願いをされてしまった。

ヨーテン侯爵領の竜力の流れを調べてきて欲しい、というものだ。

本来であれば『黄竜メシレジンス』の〝ベイリー家〟がやればいいんだろうけれど、権力に固執してクラーク王子とエリリエ姫を狙う勢力はなにもヨーテン侯爵家だけではない。今この国で竜力を感じ取れるほどの者は片手の数しかいないそうだ。もちろんクラーク王子含めて。

だから使える駒はすべて使う。たとえ他国の者だとしても。もちろん、他国民の俺に情報を渡す気はないから「竜力の流れ」だけを調べてもらいたいって話になるんだろう。

……さすがだよね。人の使い方をよく分かっている。見習えアレファルド。

「ユーフラン様、この先は崖の道になっております」

「了解しました」

ミナキさんが愛馬に乗って駆け寄って教えてくれた。エリリエ姫は王族。次期王妃でもあるので、馬車の周りに8人の騎士が乗馬で護衛している。今日は俺もその騎士たちに交じってファーラとラナの護衛だ。馬は軍馬をお借りしている。同じく騎士団から借りている長剣は正直不慣れなんだよなぁ。いや、使えないこともないんだけれど。それに崖の道は普通に危ない。今日はルーシィじゃないんだから気を引き締めておかなければ。

先行する騎士に交じって、一緒に崖の道を通ってみる。周辺は森だし、崖も木々が生えていて脱輪しても真っ逆さまということはなさそう。道幅も思っていたよりあるしね。

でも、左側面も岩壁。右側面も木があり浅いとはいえ崖になっている。森の中ということは視界が悪いということ。狙撃（そげき）などの可能性があるので、速度を落として馬車側面につく。

「ねえ、フラン」

「ん？　なにかあった？　ラナ」

「エリリエ姫がテリサ嬢からもらった招待状に、ペンダントが入っていたの。これって竜石道具じゃない？」

「え？」

立ち止まるわけにはいかないので、馬車の窓から顔を出したラナからそのペンダントを受け取ってみる。黄色の宝石が金具に囲われたタイプ。これは……確かに竜石道具みたいだけど、用途が全然分からないな？　なにに使う道具なんだ？

「どう？」

「竜石道具だと思うけど、なんの道具なのかが分からない」

そう返事をした途端、ペンダントが強い緑色に光り始めた。なにかがまずい、と崖の下に放り投げると、光を空へ向けて放つ。これは、まさか——居場所を知らせる竜石道具？

迷子になった時とかは便利そうだけど……！

「ううっ！　ま、眩しすぎる！」

「なんだこれは！」

俺以外の護衛の人たちも腕で目を覆う。目潰し効果の方が絶大じゃない？

「っ！」

そして案の定、人の気配！　崖の上からコン、コン、と親指サイズの小さな球が落ちてくる。

これは——煙幕玉!?

「しまった！　ラナ！」

「エリリエ姫！　フラン！　エリリエ姫が……！」

馬車が停車した瞬間を狙い、崖の上から降りてきた黒い影に連れ去られた!?

左側にもドアがあるから、そちらから連れていかれたようだ。でも、内側から鍵をかけていたはずなのにどうやって!?

「ラナとファーラは大丈夫!?」

「あ、あたし大丈夫！」

「私も……ケホッ、ケホッ！　……でも急に反対側のドアが開いて、エリリエ姫が連れていかれちゃったのよ！」

「姫様が!?」

「お、おのれ！　ヨーテン侯爵家！」

「落ち着け、皆の者！　犯人がヨーテン侯爵家の者と決まったわけではない！　まだ近くにいるはずだ！　捜し出せ！」

他の騎士たちに広がる動揺を、ミナキさんが素早く収める。さすがだ。

黒い煙は有毒なものではなく、単純に視界を奪うもののようだ。涙が出るのでそういう意味では有害ではあるけれど。

ラナに馬車のドアを開けてもらい、中を確認すると反対側のドアの鍵が普通に外れている。

馬車の鍵は細い金具を降ろして固定する簡単なもの。しかし外からは外せないはず。どうやって外したんだ？

……僅(わず)かだけど竜力の残滓(ざんし)がある。鍵を外す竜石道具があるのか？

って、ことはプロじゃん。

王侯貴族を誘拐する組織って、邪竜信仰以外だと国際義賊団『聖母の手』か、あらゆる犯罪を代行する『赤い靴跡』や『蜘蛛の脚』。

でも、邪竜信仰に比べればどちらも本当に陰に徹しており、民間人にはあまり馴染みのない組織だろう。しかしどこの騎士団でもトップ警戒対象だし、どちらの組織も多数の国際指名手配犯が所属している。以前『緑竜セルジジオス』の竜石職人学校に侵入した女盗賊ディーアの婆さんとかね。あの婆さんは『聖母の手』所属だっけ。

「ユーフラン様、エリリエ様の捜索をお手伝いくださいませんか!?」

「え、ええと」

ミナキさんが他の騎士に指示を出してから馬車に駆け寄ってくる。エリリエ姫はまだ近くにいるはずだ。馬車からエリリエ姫を担いで馬で逃げたとしても、大人2人乗せて馬の速度は落ちる。それは竜馬だったとしても同じ。森の中ではそもそも速度を出せない。

こういう時、ルーシィが一緒だと匂いを追ってもらったりできるんだけど……ミナキさんたちの軍馬はさすがにそんな訓練受けてないよねぇ？

それに、馬車の中にラナとファーラを残しておくわけにはいかない。このまま先にヨーテン侯爵家に向かってもらうのも手だが、クラリエ卿に聞いた話だとヨーテン侯爵家はあまりいい感じがしないんだよな。そこへラナとファーラを数名の護衛だけで先に向かわせるのは不安。

いや、この場合はヨーテン侯爵家に捜索人員を借りるのが定石。でも、それをやりたくない。多分ミナキさんもそう思っているからラナたちの馬車を動かさないよう、5人の騎士を馬車の周りに置いているのだ。

「フラン、私もエリリエ姫を探しにいくわ！　犯人の姿を見ているのは私だけだもの」

「だったらファーラも一緒に行く！」

「ラナ、敵の狙いがファーラだった場合連れていく方が危ない。ここで騎士たちと待っていて欲しい。っていうか……多分その可能性の方が高いんだ」

「え？」

なぜならエリリエ姫の命を狙っているのなら、さっきの煙幕で護衛の視界を奪い、鍵を開けた瞬間に暗殺できている。それをせずに攫った、となると、エリリエ姫の命が目的ではないかもしれないのだ。

エリリエ姫を交渉に使うなら、生け捕りが好ましい。ファーラを直接連れていかなかったのは狙いがファーラ以外だった可能性もあるから。

ああいう言い方はしたけれど、俺はラナが標的だった可能性もあると思っている。

この国に来てからラナはこの短期間に色々やりすぎている。少し調べればエリリエ姫が1カ月で変化した理由がラナであるということは、すぐに分かるだろう。だから消すのならラナの方がいい。

でもさっきの人影は手練れだ。鍵を竜石道具で開ける、なんてそれなりの規模の組織に属しているプロ。そんな奴なら一瞬でラナの手首にある腕輪が、竜石道具だと気づいていただろう。警戒して攫う標的をラナからエリリエ姫に変更した、とも考えられる。

まあ、3人のうち誰でもよかったって可能性も十分ありえるんだけどね。誰か1人でも攫えれば、作戦が成功ってこともありえる。

招待状に入っていた光を放つペンダントの竜石道具のことも思うと、犯人はヨーテン侯爵家。テリサ嬢単独か、はたまた家ぐるみか。家ぐるみであるのなら、ちょっと大胆すぎてお粗末すぎる気がする。証拠が残りすぎているからだ。

テリサ嬢がどこぞの組織に金を払って雇い、協力して実行した。あるいは、ヨーテン侯爵家と敵対する勢力による偽装。この2つが濃厚かな。ヨーテン侯爵家自体はさすがに関わっていなさそうだけど、どちらにしてもラナとファーラを預けられそうにはない。

うーん、『竜爪』が使えるのなら、俺がここで1人、2人を護衛していてもいいんだけど……普通の護衛騎士装備だし、クラリエ卿から頼まれごともされているし、いくら俺の護衛対象はラナとファーラだからといってもエリリエ姫が攫われたのになにもしないわけにはいかないからなぁ。相手がプロならどこにいても危険、か？

「……。いや、やっぱり待ってて」

「で、でも」

「崖を登ったり森を歩いたりするから。今日のラナとファーラの格好じゃあ、無理でしょ？」

「う」

既製品とはいえ安いものではない。ひらひらふわふわのワンピースドレスとお高めな装飾品に、磨き抜かれてツヤツヤの靴。

そんな格好で、いつものノリで森をうろついていいわけがありますか？　否！　淑女は森の中を歩きません！

そんなわけで2人には大人しく馬車で待っていてもらうことにしました。ミナキさんに騎士の1人をエリリエ姫が攫われたと報告しに行ってもらい、応援は馬車の方に行ってもらうことにして、と。腕の隠しワイヤーで崖を登り、木の上を見上げた。

「ユーフラン様？」

「やっぱりプロですね。痕跡（こんせき）がほとんどない。おそらく単独犯。でも――」

エリリエ姫とて王族。植木のいくつかに長い黒髪やドレスの切れ端が残っている。それを追うと、途中で痕跡を残していることに気づいて木の上を移動し始めていた。

「人1人を抱えて木の上を移動しているってことは――」

「エリリエ様の行き先が分かるのですか⁉」

「ちょっと黙っててください。集中します」

少々きつい言い方になって申し訳ないが、たとえ男でも人1人担いで木の上を移動するなんて補助系竜石道具がなければ不可能。あれ、俺の靴底の体を浮かせるブーツみたいなやつね。多分アレの類似の竜石道具を使っている。

つまり竜力の痕跡が残っているはずだ。『緑竜セルジジオス』に『緑竜の爪』をもらってから、さらに竜力を細かく感知することができるようになった。……まあ、そうしないと『青竜アルセジオス』の竜力と『緑竜セルジジオス』の竜力のどっちがどっちか分からなくて体調悪くするから……。

なので、慣れた『青竜アルセジオス』の竜力とも『緑竜セルジジオス』の竜力とも違う竜力の痕跡を追えばいい。

この国に来てからこの国に満ちる『黄竜メシレジンス』の竜力を、使った痕跡を——。

「見えた。こちらです」

「皆の者、ユーフラン様へ続け！」

それにしても解せない。この手の竜石道具を持つ、プロ。金をもらったとしてもリスクの方が高い。王族の誘拐だぞ？　単独犯ならなおのこと、割に合わないだろうに。

こういうことをするのなら、護衛の多い日中より人目の減る夜を狙うべきだ。

今、このタイミングでなければならなかった理由があるのだろうか。だとしたら、それはやはり〝エリリエ姫を狙った〟ということだろう。

「！」

森の奥はまた崖になっている。その崖には洞窟があった。おそらく鉱山の入り口。そこを覆うように馬車が停まり、人の声が洞窟の中から反響して聞こえてきた。この声は——。

「エリリエ様！」

「ミ、ミナキ！」

「ちょ！」

止める間もなく、俺を通りすぎてミナキさんが洞窟の中に入っていく。ミナキさんはエリリエ姫の騎士だから、声が聞こえたら行ってしまうのは仕方ないが迂闊すぎる。

相手は竜石道具持ちのプロだ。トラップが仕掛けてあっても不思議じゃないのに！

「くっ！　もうこの場所が……!?　お願いシロエ！」

「ハァイ」

「ミナキさん！」

「きゃあ！」

飛び込んだミナキさんの首根っこを掴み、引き戻す。

坑道の中には拘束されたエリリエ姫と、先日お茶会にいたテリサ嬢。ってことはマジでヨーテン侯爵家は関係なく、テリサ嬢個人の暴走かな。

で、よりにもよってプロを雇ったのか。白銀の髪と青い目、３本の鎌の刺繍がフードに施された若い男。

俺も知っている、犯罪代行もやるなんでも屋。国際指名手配犯――シロエ。

黒い迷彩柄のフードつきマントを頭から被っているが、顔を隠すつもりはないらしい。マントの隙間から短剣を取り出したシロエは、俺を見るとそれは楽しげに微笑んだ。

「アッレ、キミ、知ってる。母さんを捕まえた子」

「母さん？」

長剣は得意ではないけれど、鞘から抜く。けれど戦いに入る前にお喋りがお好みのタイプかぁ。こういう奴、マジでやりづらいんだよね。

「ディーアっていうコソ泥。ボクを産んだ女。キミでしょう？　母さんを捕まえた人」

「‼」

ディーア――国際指名手配されていた女泥棒。以前『緑竜セルジジオス』の竜石職人学校に入り込み、竜石核を盗み出そうとしていた。そこを俺が捕らえて『緑竜セルジジオス』の騎士団に引き渡したわけだけど。

「親子？　本当に？」

色合いは似てると言われると似てるけれども。

「残念ながら本当。血、繋がってるよ。フフ……母を捕まえた人と戦えるの、チョット楽しみ」

自分の眉が珍しく分かりやすく寄ったのを、自分でも感じる。

「ミナキさん、コイツの相手は俺がするので、エリリエ姫とテリサ嬢を引き離してください。おそらくテリサ嬢の単独犯。ヨーテン侯爵家は無関係だと思います」

「わ、分かりました」

「それじゃあ、相手をしてやるよ。なんでも屋」

俺がそう言うと、笑みを深めるシロエ。足下から風が発生して洞窟の中を縦横無尽に動き始める。長剣だと不利だな、これは。

「キヒ」

「！」

素早く飛んできたナイフを叩き落とす。それに気を取られると、背後に回り込んだシロエの短剣が俺の背後を切り裂こうと斜めに切り上げられる。それを蹴りで阻み腰を捻って首を狙う。

一瞬で顔を引いて避けられ、バク転で距離を取られるが再び高速で移動を開始した。

厄介だな、やはり。普通の騎士なら動きについてこられないだろう。どこから襲ってくるか分からないから、緊張が張り詰めて神経が削られる。

エリリエ姫に近づこうとしたミナキさんもミナキさんと来た騎士たちも、その読めない動きに足踏みして動けない。

完全に元の木阿弥。俺が相手をすると言った以上、俺がなんとかするか。

でも、できればテリサ嬢の目的を知りたいんだよね。

「テリサ嬢は、エリリエ姫になにをするつもりなんですか」

「っ！」

「キミの相手はボクでショ？」

真上から降りてきたシロエに長剣を叩き下ろされる。視線が交わった。楽しそう。俺は、全然楽しくないけどね。面倒くさい。

「つぐ⁉」

でもこのぐらい予想済みなんだよね。タイミングを合わせて右側から蹴り飛ばす。同じ風を発生させるブーツの竜石道具を使っているのだから、威力は普通に蹴られたよりもデカい。

利き手を潰せるといいんだけど、多分、あの迷彩柄のマントも竜石道具。以前ラナとロザリー姫が「服が暖かくなる竜石道具が欲しい！」と無茶言っていたけど、犯罪組織にはすでにあったみたい。用途は違うけれど。
蹴りの感覚が鉄板を蹴ったみたいだった。ブーツが竜石道具でなければ、俺の足の方が大ダメージだったかも。服を硬くする竜石道具っていう感じ？

「……ナルホド。ディーアが捕まるワケだね。キミ、強い」

「それはどうも」

3メートルほど滑って止まったシロエが、ますます楽しそうにする。俺は全然楽しくない。深く溜息を吐いて、もう1つ疑問だったことを聞いてみることにした。

「でもやっぱり解せんのだけれど。なんでも屋っていっても、割に合わないいんじゃないの？一国の王太子の婚約者で、隣国の姫を攫うとか。依頼主がなにを望んでるのか知らないけどさ」

視線は逸らさずに聞いてみると、この手の奴が時々見せる愉悦の表情。

ああ、やっぱり〝趣味〟ね。採算度外視、デメリットの方が大きい依頼を、あえて好む変態がいるのがこの業界。

貴族にも平民にもなれず、自己の欲求を満たすことを最優先にした人種。満たされない飢えに苛まれる。けれど、中にはそれすら楽しむ者もいる。

多分、このなんでも屋はその類。母親がディーアならその息子も息子だなぁ。親子の関係にこの手の性質は遺伝しないと思うのだが。

「許せないからですわ」

そして、俺の疑問にはテリサ嬢が自ら答えてくれた。俺はシロエから目を離せないけれど、ミナキさんが「エリリエ様を、ですか？」と聞き返す。

「そ、そうですわ。……わたくしは、ずっと、幼い頃から、出会った時から、クラーク様のことを、一途にお慕い申し上げておりましたのに……。突然、婚約破棄をしたからクラーク様と婚約だなんて、そんな馬鹿な話があるでしょうか？」

「テ、テリサ様……」

震える声で紡がれたのは、想像よりも重いテリサ嬢の思い。クラーク王子の話と比べると温度差で風邪ひきそう。

逆に言うと、クラーク王子ですら気づかないほどアプローチがなかった。してこなかったってことでは？　それなのにエリリエ姫のせいにするような言い方は良くないと思います。

まあ、あの地獄のようなお茶会を見たあとだと、積極的なアピールのハードルがものすごく高いけれども。

「クラーク様が、い、いくら姫君といってもこのような地味な女性をずっと好いておられたなんて……そんなの嘘です……！　だったら……地味でも良いのなら——わたくしでも、良かったではありませんか!!」

……茶番だな、と切り捨てるには、あまりにも感情のこもりすぎた声を聞いてしまった。

俺も横恋慕していた身なので、身につまされる。でも、テリサ嬢は手が届く場所にいた。だから余計に、辛かったんだろう。

他のご令嬢たちより好感度が高かった自覚はあったんだろうけれど、クラーク王子が選んだのはエリリエ姫。

疑問が先に来て、エリリエ姫をあのお茶会で知り、ますます「どうして自分ではないのか」と疑問と嫉妬が積み重なり、これが続くようなら側室が必ず入ることになるだろうとたかを括っていたら先日のお茶会だ。

エリリエ姫の台頭はテリサ嬢の、側室という最後の希望まで打ち砕いた。だから——

「だから害そうというのですか？」

「っ、じ、事故で……事故よ！　そう！　事故で亡くなるの、エリリエ様は！」

「そんな雑な設定、通用すると本気で思ってるの？　ヨーテン侯爵家は金鉱の採掘量が減っていることで、とうに監視がついているんだけど？」

「え」

ヒヤ、とした声。本気で驚いている？　マジ？　知らされてなかったんだろうか？

「そ——それは、マリベル伯母様がなんとかしてくれたって……」

ああ、テリサ嬢の後ろ盾になっているクレイドル王の側室の1人か。

彼女がヨーテン侯爵家への監視は外した、と言えば侯爵家は安心するね。実際外されたんだろう、クレイドル王の監視は。

「国王からの監視は外れても、クラーク王子の手配した監視は続いていたはずだよ」

「え⁉」

「しかもヨーテン侯爵家は金鉱の採掘量が減ったのを、クラリエ卿の『聖なる輝き』を持つ者としての力が減ったから、とか言い出していたそうじゃん。あなたが側室に選ばれなかったのは、実家が足を引っ張っていたからだよ。そこまで警戒された家の娘が、側室になれるわけなくない？」

「――そ……そんな」

可哀想に、本当に知らなかったのか。つまりヨーテン侯爵家の方はテリサ嬢とクラーク王子の婚姻に興味はあまりなかったのかな。それほど重きを置いていなかったと見える。

まだ伯母の力が強いのだろう。それにしては家の中での意思疎通とれてなさすぎでしょ。

「っ、じゃあ、わたくしはどうしたら良かったの……？　あの方を諦めるなんて、わたくしには無理！」

「一緒に死んじゃえばイイんじゃない～？」

「！」

　クスクス笑いながら、シロエが投げナイフを取り出した。それをこともあろうに、テリサ嬢やエリリエ姫の方へ投げる。

　腰から隠していたナイフを取り出して、すべて薙ぎ払う。ああ、もう！　このナイフはまだ取っておきたかったのに！

「やっぱりナイフ隠してたね」

「チッ！」

　見抜かれていたか。俺は普段ナイフ使ってるから、長剣はあまり得意ではない。使えなくはないけどね。

　投げナイフを払ったついでに長剣を拾って手甲も使えるように弄る。この素早いなんでも屋は、まず動きを止める！

「紅のキミ、戦い方が影の者」

「その訓練も、受けてるから、ね！」

　短剣を振りかぶったところを狙って長剣を投げ、避けたのを見計らって袖の下に隠した手甲に仕込んでいる細い鎖を引く。

　長剣の柄に結んでおいたので、長剣は避けたシロエを追う。さすがにこれは驚いたらしい。

「強い強い」

寸前でまた避けられたが、シロエの落とした投げナイフも拾って使ってやろうと――した。

「！」

細いワイヤーがついている。この洞窟の暗がりでは分からなかった。舌打ちして、長剣を引っ張り戻す。

狭い空間で戦うのは不利か。こちらを牽制しつつ仕込みまでしていたとは、これだからプロ相手に戦うのはヤなんだよ。

「ミナキさん！　洞窟内に仕掛けをされている！」

「え！」

「迂闊に動かないで！　細いワイヤーがあっちこっちに仕込まれている！　触ると怪我するよ、多分！」

剣で切れると思うが、切って発動するタイプだと面倒くさい。

依頼人ごと殺すタイプだから、本当に迂闊なことできないよ、どうしよう。

「ネエネエ、テリサお嬢様。依頼してくれたらボクは誰でも殺すよ。王族でも、『聖なる輝き』を持つ者でも、誰でも。なんでもするよ」

「な、なにを言って」

「この世で結ばれないのなら、あの世で結ばれたらイイ～んじゃな～い？　だって殺さなきゃテリサお嬢様の想いは叶わないんだよ。殺したらきっと嫌でもテリサお嬢様のことを見てくれるよ。ネェネェ」

「っ……」

ああ、やはりこういうタイプか。依頼人も殺してしまうから、追いきれずに見逃されがちなのだ、この手の奴は。

でもそうして繰り返す。自分の欲望を最優先にするから、こういう奴は見逃され、被害者ばかりが増える。罪は依頼人が被り、実行犯は雲隠れするからなあなあにされがち。

だからこういうのはここで叩き潰しておきたい。問題は俺にその力がないこと。

とはいえここで適当なことをしてしまうと、テリサ嬢だけでなくエリリエ姫やクラーク王子にまで手を出される。それはなんとしてでも阻止しないと、俺の首が物理的に飛ぶ。

「さすがにそれは無理でしょ。相手はクラーク王子だよ。テリサ嬢もそこまで正気を失ってはいないでしょう」

壁の突き出たところに座り込んでニヤニヤと笑うシロエを睨み上げる。まずいな、指先にワイヤーが引っかかっている。あれを引けば打ち込まれた小さな杭(くい)が全部抜けて天井が落ちてくるってところかな。

よく見ると側面の壁にも、ワイヤーの通った小さな杭が無数に打ち込まれている。今の縦横無尽の移動はダメ押し。事前に下拵えはしてあったってこと。

まんまとコイツのフィールドに誘い込まれたな。まあ、俺たちが本当に追いついてくるとは思わなかったんだろうけど。だから最後の仕掛けを、今やったんだ。

ハァーーー……爪が使えたら岩盤避けに使えたんだけど、ここは『黄竜メシレジンス』だからなぁ。どうしよう。テリサ嬢を説得……したところであいつ絶対仕掛けを使う。皆殺しをご希望だ。厄介だな、本当。

…………。賭けてみようか。近づいてくる巨大な竜力に。

そう思ったら勝手に口許が笑みを浮かべる。正直冗談ではない賭けなんだけどさ。

「この犯罪者の、言いなりになりますか？　テリサ嬢」

あなたはその命を懸けて、クフーク王子と自国、実家の家族を殺しますか？

そういう意味の問いかけ。ただのご令嬢が、国と王族、実家と戦う覚悟がある？　そこまでの感情が。

「わ、わたくしは……」

「ちなみにコイツはあなたがどんな答えを出そうとも、洞窟に施した仕掛けで我々ごとあなたのことも殺すつもりですよ」

「え……⁉」

良くも悪くもお育ちのいいご令嬢だ。問い詰めれば息を呑んで青い顔をシロエに向ける。

「そこまでの覚悟はなさそうですね。冷静さが残っていてなによりです」

「っ……！」

「ふぁー……つまんない展開。じゃあもうイイよ。みんなまとめて死んじゃえ」

スッとほくそ笑んだシロエがナイフを引く。そのワイヤーがプツリと切れる。

普通、ワイヤーが切れるとは思わないもんね。

『黄竜の爪』の使い手と会えるなんて、光栄」

「それはそれは、こちらも出張った甲斐があるというもの」

「……っ！」

クラリエ卿の背後から、８本の爪が浮かび上がる。細く、しかし黄金に光る強い爪が洞窟の中に２本。１本は洞窟を照らすもの。もう１本はワイヤーを切ったもの。

洞窟の中に剣を携えてニコニコ入ってくる金髪の王子様を立て、斜め後ろに控えるこの国の『聖なる輝き』を持つ者。ほんの少しだけ小首を傾げたクラーク王子が、シロエに向かって笑みを深めた。怖い怖い怖い。

「もう茶番は終わりにしてもらってもいいかな？」

「……よくここがお分かりに」

「僕も竜力の流れはある程度分かる。それよりも、僕の婚約者になにをしようとしていたのかな？　ねぇ？　テリサ嬢」

「ひっ」

笑顔が怖すぎるってば。テリサ嬢も喉を引きつらせている。

しかし、本当に都合のいいタイミングで現れるものだ。ある意味では当然。だって、俺がこの人を――クラーク王子を苦手なのは、この人のこういうところが怖いからだ。

愛情深いのは分かるんだが、その愛し方が普通とは違う。エリリエ姫のことは比較的普通に大切にしてるのかな、と思ったがやはりそんなことはなかった！

「わ、わたくしは……わたくしは……！」

「テリサ嬢が僕のエリリエを攫って殺してしまいたいと思うほど、僕を好きだったなんて思わなかったなぁ。そんなに拗らせてしまう前にどうして教えてくれなかったのかな？」

「そ、そんな……だって、わ、わたくし……」

「それは君が僕に愛情を向けるだけで満足していたからでしょう？　僕はね、テリサ嬢。君がナイフの1本でも持って僕に迫ってきたら、受け入れていたよ」

「……え？」

ゾワ、と肌が粟立つ。一切冗談でもなんでもなく、クラーク王子は告げている。

王族にナイフを持って迫るなんて、正気の沙汰ではない。しかし本気で言っているのだ。それが怖い。この王子様は相手の愛をこよなく愛する。狂っていれば狂っているほどに同じ分の狂愛を返す。

もしかしたら、シロエと同じぐらいに、この人は〝愛〟が歪んでいるんじゃないだろうか。

それでもこの人にとっての愛とはそういうものであり、それ以上のものもないのだ。

王族にナイフを向ける覚悟があれば、その覚悟ごと受け入れていたんだろう。

「愛情を向けるだけでぶつけてこなかったから、僕はあなたに興味がない。あなたがナイフを向ける相手はエリリエでなく僕であるべきだったのに。残念だね」

「そ――そ、そんな、そんな、だって！　っ、そんなの、この女も同じではないですか！」

「エリリエを君と一緒にしないで欲しいね。彼女は君とは耐久度が違う。あのティム・ルコーと、十数年婚約していたんだよ」

不覚にも「確かに」と納得してしまった。

エリリエ姫の我慢耐性は異常と言ってもいいだろう。少なくとも初めて会った時のエリリエ姫は一国の王女とは思えないほど疲弊し、自尊心を失っていた。

あのままなら、ティム・ルコーと心中でもしそうな様子で、本当に今と比べるとどれほど追い詰められていたのかが分かる。

「もちろん僕はエリリエにそんな思いはさせないけれど、君とエリリエは決定的に違う。愛が憎しみに変わるというのならそれでもいいけれど、その対象を君は間違えている。だから僕は君を選ばないし、君が選ばれることはなかった。君が自分で証明してしまったんだ」

「っ……」

「だから――ちょっと表に出てもらおうか、そこの者。僕は歪んだ愛は愛おしく思えるけれど、それを自分の欲のために利用する者は虫唾が走るほど嫌いなんだよね」

と、クラーク王子が見上げるのはシロエである。笑顔が怖い怖い怖い。

「クラーク王子、クラリエ卿、あれは国際指名手配の〝なんでも屋のシロエ〟という者ですね」

しかし怖いなら怖いで味方しておこうと思う。俺が告げ口のようにシロエの名前を教えると、クラーク王子はそれなりに驚いた表情をした。

「国際指名手配犯かぁ、久しぶりに見たな」

どういう意味なのか怖くて聞けない。俺もそれほど頻繁にお目にかかるものではないが、口調が軽すぎる。

シロエの方も目を細めてナイフを取り出した。奥の手があっさりと破られて、しかもクラリエ卿が『爪持ち』という絶望的な状況。戦うフリをして逃げの一手を打つ機会を狙っている。

――まあ、クラリエ卿がよもやこの国の『ベイリー家』とは思わなんだ。しかし、よくよく考えれば妥当ともいえる。幼い頃から、クラーク王子専属近衛騎士として側に仕えていたと聞くもんな。しかし同時に意外といえば意外でもある。だってそれってつまり、『ベイリー家』の者が『聖なる輝き』を持つ者になるってことだもん。

そんなこと、あるものなんだ？

もちろん元々の武勇を轟かしていた人に、プラス『黄竜の爪』が備わったということだ。シンプルにヤバいでしょ。しかも8本て。うちのクールガンより多いわ。

「君と僕、どちらが歪んでいるか勝負でもしてみるかい？」

「自分がオカシイって思うの？　王子サマ」

「だって僕はアレファルドがとても愛おしいけど、すごく怯えられるんだもの。自分の愛し方が異常だという自覚はあるよ。君はあるかな？」

「……あるよ」

にこり、と2人が笑う。えーと、これはこの人数の前でしていい会話なのか？

思わずクラリエ卿を見てしまう。卿は頭を抱えて溜息を吐いた。通常運転かぁ。

「こんなに面白い人初めて見た。紅のキミも面白かったけど、『黄竜メシレジンス』の王子サマは特に面白いかも。ネェ、ボクと殺し合ってくれる？　そうしたらボク、大人しく帰るよ」

「どうして自分が勝つ前提なのかな？　そこまで言うのなら、当然僕が勝ったら大人しく捕まって沙汰を受けるってこと？」

「イイヨォ」

「それじゃあ殺し合ってあげよう」

「殿下」

それはさすがにお戯れが過ぎますぞって。クラリエ卿でなくても止めに入るよ。一国の王太子がこんなわけの分からないなんでも屋と、殺し合い？　いやいや。いやいやいやいや。

「クラーク王子、さすがにそれは」

「おや、ユーフラン。心配してくれるのかな」

「……エリリエ姫が死にそうな顔になっていますので」

あくまで俺が引き留めるのはエリリエ姫のため、というのを押し出しておく。怖いので。正直喋りたくもないのだが、相手が厄介なのは戦った俺には分かる。

クラーク王子の強さは多分、俺と同等。でも『青竜アルセジオス』と『緑竜セルジジオス』なら俺の方が強いと思う。『青竜の爪』と『緑竜の爪』があるから。

でもそれ抜きにしても普通の王子とは思えないほど強い。にこやかに余裕を見せているが、その実力故だろう。だからこそ、油断はできない。シロエは裏の世界の者。正攻法で戦う相手ではない。

クラリエ卿を見ると、頷かれた。最悪の時は助けに入ろう、ということらしい。まあ、そりゃあそう。さすがに王子様を見殺しにするわけにはいかない。護衛的にも。

「ユーフラン、エリリエを頼むね」

「ウッ」

しかし、まるでそれを読まれていたかのようにお使いを頼まれてしまった。しれっと。しかも断れないやつ。俺が事前に「クラーク王子のためでなく、エリリエ姫のため」と言っていたので、命令拒否は不可避すぎる。ぐぅ。

「わ、分かりました」

「では表に出ておいで、なんでも屋」

クラーク王子があっさりと背を向けて洞窟の外に出ていく。それがどれほど度胸(どきょう)が据わっていることで、未だ『黄竜の爪』を収めることのないクラリエ卿を信頼している証(あかし)となるか。

本来、王と影はこうあるべきなんだろう。俺とアレファルドが到達しえなかった関係性。

少しだけ、ほんの少しだけ羨(うらや)ましくもある。

まあ、今更アレファルドのところに戻るつもりもなければクラーク王子の影になるつもりもないけれど。

俺の忠義も命も人生も、もう、捧げる相手は決めている。

「フヒ」

クラーク王子の挑発に乗ったシロエが洞窟の外へと跳ぶ。まんまと餌に食いついた。

それを見て俺もエリリエ姫の方に走る。ミナキさんに目配せして、テリサ嬢は彼女の部下たちに拘束してもらう。

「エリリエ姫、お怪我は」

「あ、ありませんわ。でも――」

「ああ、クラーク王子なら大丈夫でしょう」

そう、本当になんの心配もいらない。洞窟から飛び出したシロエは、背を向けたまま歩くクラーク王子にナイフを持つ手を振りかぶる。そうだね。約束は〝一対一〟で〝洞窟の外で〟だもんね。洞窟から出れば、背を向けている方が悪い。

けれど――。

「ヅゥ⁉」

洞窟を出てすぐに、シロエは巨大な竜の手に押し潰される。死なない程度に手加減されて、きっと今頃目を剥いて見上げているはずだ。

――この国には他の国と違って、守護竜以外にも竜がいる。宝玉竜という竜が。

『捕まえたぞ、クラーク』

「ありがとう、カルサイト。他のみんなもわざわざ来てくれてありがとうね」

『えー、もう終わり？』

『カルサイトばっかりずるーい』

まるで子どものような声が外から聞こえてくる。カルサイト様といえば、俺とラナとファーラを『黄竜メシレジンス』まで運んでくれた宝玉竜だ。

宝玉竜は王都を囲む山脈――鉱山に住む。宝玉竜の卵が鉱山から採掘されるかららしい。

つまり、クラーク王子が『黄竜の眼』で付近の宝玉竜を呼び寄せたのだろう。竜力が集まっていて、若干酔いそうなぐらい。

「ぐ、グウ……ず、ずるい」

エリリエ姫とミナキさん、ミナキさんの部下に連れられてテリサ嬢も洞窟の外に出てくる。

この洞窟はシロエのせいで岩盤や天井が崩れやすくなってしまったから、閉鎖だろう。

そのシロエはカルサイト様に押しつけられて、手足をじたばたさせている。

「ずるいだなんて、僕は僕に許された〝武器〟を使って君と戦ったまで。君だって背後から襲ってきたのはずるいんじゃない？」

「ぐッ……」

「君が正々堂々戦おうとしたなら、僕も竜たちにお願いはしなかったのにね」

ふふ、といたずらっぽく笑うけれど、結構笑いごとではないような。

クラリエ卿がしみじみと、そして深々と溜息を吐く。可哀想……。

しかし、その深い溜息を吐き終わるとミナキさんの部下からロープを借りて、シロエをしっかりと拘束した。あの縛り方は縄抜けできないやつ。でも俺は、ただのロープなど意味はないと思う。こいつの隠し持っているナイフや暗器をポイポイ抜き取る。想像以上に出てくる出てくる。1回全部剥いで丸裸にしないと縄抜けされずともロープを切られそう。クラリエ卿もそう思ったのか、『黄竜の爪』でひょいと持ち上げて運ぶことにしたようだ。

「怖い思いをさせて申し訳なかったね、エリリエ」

「わたくしは大丈夫です、が——あ、あの、テリサ様とお話ししてもよろしいですか？」

「んん……。まあ、構わないけれど」

洞窟から出て、少し落ち着いたエリリエ姫がクラーク王子に近づく。襲われたのに、まだ対話で分かり合えると思っているんだろうか？

「あ、あの、テリサ様」

「……わたくしは、謝りませんわよ」

ミナキさんたちに捕まっているテリサ嬢に歩み寄るエリリエ姫。顔を背けて唇を噛むテリサ嬢は、頑なだ。そんな態度にエリリエ姫が肩を落とし、悲しそうな表情をする。

「あまり気にしなくていいよ、エリリエ。ヨーテン侯爵家は今王家とあまり仲良くないし」

可哀想に、テリサ嬢はクラーク王子に懸想していると、さっき告げたばかりなのに。

と、思ったがこれはわざとか。エリリエ姫がテリサ嬢に対して、どう沙汰を下すか。クラーク王子はそれを見るつもりなんだ。次期王妃としての裁量を。

「テリサ様は、本当にクラーク様をお慕いしているのですね。ですが、申し訳ありません。わたくしも――クラーク様のことを好きです」

「ッ」

「だから、あの、さっき、わたくし……武力でもってクラーク様の隣を賭けるのであれば、わたくし応じますわ」

「えっ」

え。

……え？　エリリエ姫？　ぶ、武力？　武力って言った？　た、戦うってこと？　ま、まあ、エリリエ姫の兄君には騎士団総帥オルドレイド・ディバルディオス様がいらっしゃるし？　姫自身も最低限の護身術を学んでいると思うけれども。え、だとしても、え？

「クラーク様のために決闘するのでしたら、時と場所を改めて決めて申し込んでくださいませ」

「え、あ……」

「ですが、どちらかが死んでしまう勝負は受けません。どちらかの命を奪う決闘は、互いの家族に確執を残してしまいます。そういうルールでよろしいですか？」

よろしいですか、って聞いちゃったよ。テリサ嬢がブンブン顔を左右に振っているが、なにが特に怖いってエリリエ姫が真顔なところだろうか。

ああ……『紫竜ディバルディオス』は結構そういう脳筋の極みみたいな文化あったっけ。

困ったら命を含む決闘で決めることがあるらしい。それは特に『紫竜ディバルディオス』の王侯貴族にあるあるらしく、あの国の貴族が王家並みに側室を娶るのは世継ぎの確保をしておかないと決闘騒動が多く起きた時に、世継ぎがいなくなりかねないからだと聞いたことがある。

あの国は他の国と違って王侯貴族にしか使えない道具を、家ごとの血筋で受け継ぐ竜石眼で扱う——という噂があるから。

それなのに決闘で自身の誇りや尊厳を守り通す文化なのホント良くないと思う。

そんな国育ちのエリリエ姫なので、多分軽率にそれが普通だと思って提案しているんだろうけど怖いんだよなぁ。

「け、決闘だなんて、そんな野蛮な！」

あまりにも当たり前のように提案されて、テリサ嬢は慌てふためいて叫ぶが、エリリエ姫は

「え、国際指名手配犯を雇ってわたくしを攫ってナイフで殺そうとするのは、野蛮ではないのですか⁉」とすさまじいカウンターをかます。思わず頭を抱えてしまった。

テリサ嬢があまりのカウンターにひゅ、と空気を飲み込んでしまう。

そ、そうだなー、どっちが野蛮かって言われると悩ましいところだよな。うーん。

「わ、わたくし、武術の心得などありませんもの……決闘なんてできませんわ」

「まあ、先ほどの『絶対、道連れにしてでも殺す！』という気概があればいい勝負になると思いますわよ！　それに、テリサ様が本日挑んでくださったおかげで、わたくしも今後お茶会で皆さんに気圧(けお)された際に決闘することを持ち出しやすくなると思いました！」

「ッ⁉」

これはやっちまったか？

血の気が引いたようなテリサ嬢。俺も頭を抱えていた手で口許を覆う。

エリリエ姫は、本当に、本当に、俺たちに助けを求めるほど我慢に我慢を重ねてきた。その我慢耐久度は、さっきクラーク士子が言った通り極めて高いものと言える。しかし、エリリエ姫がある意味本当に我慢していたのは『決闘文化』をお茶会の場に出すことだったのだ。

『黄竜メシレジンス』にはない文化で、きっとお茶会に来るご令嬢たちはエリリエ姫ほど武芸事を学んではこなかった。それを分かっているからこそ、持ち出さなかった『決闘』の二文字。

だというのに、テリサ嬢はその封印されし扉を叩いてしまった。武力で相手を制圧し、自分の我を通すことを、是とするような言動。今回の件でエリリエ姫は気づいてしまった。

あ、この国の女性も武力で戦おうとするのだ。——と。

今回のテリサ嬢を擁護する気は一切ないが、あえて言わせてもらうとお茶会に来ている他の側室候補のご令嬢たちとテリサ嬢を同列に扱ってはいけない。扱ってはいけないのだが、多分『決闘で決めましょう！』って言われたらあれほど攻撃的なご令嬢たちは——黙る。

文化の違いと理解した上で、自分が間違いなく勝てない勝負だからこそ黙るし全力で避けようとするだろう。

だからこそ、『決闘』はエリリエ姫にとって最強の切り札になる。

ほら見ろ、こうなると分かっていたクラーク王子が肩を震わせて笑っているぞ。

「わ、わたくしもっとこの国の皆様に『紫竜ディバルディオス』の文化を知って頂きたいと思っておりましたの。決闘も聞くだけですと怖い文化のように思われるかもしれませんが、確執を残さずに問題を解決できる良い文化だと思います！」

「ひ、ひい……」

「ぜひ今度のお茶会で、決闘を申し込んでくださいましね。決着をつけましょう！」

あまりにも明るい笑顔で言うことではない気がします。

「ふ、ふふふふふ……！　やはりエリリエは面白い」

クラーク王子もめちゃくちゃ面白そうだが笑うところではないと思います。

「さて、これでもまだエリリエを殺そうと思う？　テリサ嬢」

「うっ……！」

クスクスとご機嫌なままテリサ嬢に顔を近づけるクラーク王子。やはりすぐに恋情を捨てることはできないのだろう、テリサ嬢は顔を赤らめて顔を背ける。聞かれている内容はなかなかにえげつないと思うんだが。

「まあ、エリリエがすごいのは我が身で感じたと思うけれど、せっかくヨーテン侯爵領の鉱山帯にいるのだから、金鉱が枯(か)れつつある原因も調べておこうかな？　なにか知っているだろう？　テリサ嬢」

「そ！　……そ、れは……」

守護竜と『聖なる輝き』を持つ者が健在で、ヨーテン侯爵領の鉱山にだけ影響が出ているってことは――まあ、ヨーテン侯爵家がなにか守護竜に対して、後ろめたいことをしている可能性が高いんだよなぁ。

クラーク王子はそれを示唆して、テリサ嬢に聞いたんだろう。実家とあまり情報共有しているように見えなかったが、事情は知っているのか。染まった頬が青くなる。

「君がこんなことをして、家が無傷なわけがないだろう？　エリリエはあんな言い方をしたけれど、普通に考えて極刑だよ、君」

「クラーク様！」

「分かっているよ、エリリエ。だから聞いているんだ」

相変わらず笑顔を崩すことのないクラーク王子。テリサ嬢への質問は、彼女への救済にもなっているってことだ。酷かもしれないが、実家の悪事を吐けば極刑は免れる——という取引。

エリリエ姫もすぐにそれを理解して、表情を明るくする。殺されかけたのにテリサ嬢の味方をするとか人が好すぎるというか。いっそすごいな。

「どうかな、テリサ嬢。君の知っている情報によっては刑を軽くするよ。守護竜メシレジンスに誓って約束しよう」

「……っ。じ、実は、叔父が金鉱の中で宝玉竜の卵を見つけたんです」

「「「！」」」

宝玉竜の卵は、その名の通り宝石が採掘される鉱山で時折見つかる大きな宝石の原石にメシレジンスが卵を産みつけたもの。１カ月ほどで生まれてくる子竜は、竜石眼を持つ者を親だと思い、基本的に王族しか乗ることができないという。

……は？　その子竜を得ようとしている？　なんで？　だって竜石眼がなければ、宝玉竜と心を通わせることができないのに。

「宝玉竜の卵を見つけたら、国に報告する義務があるはずだけど？」

「は、はい。ですが叔父と父は国に報告せず、隠し部屋に隠して餌（え）づけ、竜石眼がなくても手（て）懐（なず）けられないか実験をしているのだと思います。はっきりとは分かりませんが……そんなようなことを、言っていました。さすがにわたくしの思い違いだと思っていましたが」

「はあ、なるほど？　まあ、もし餌づけだけで自由になったなら労働力や戦力、移動手段として宝玉竜は魅力的だものね。しかし――隠し部屋か。明確な証拠もないのに、侯爵家の屋敷を大っぴらに捜索できないなぁ」

そうだな。侯爵家が本気で隠し部屋を作って子竜を隠しているんだったら、かなり厄介だ。それでなくてもこの国の貴族は金持ちだ。娯楽と言って金をかけて作られたら、見つけるのは相当難しいだろう。

クラーク王子も顎に手を当てて目を閉じて考え込む。しかし、今のクラーク王子には手駒が揃ってるんだよなぁ。クラリエ卿の眉間の皺（しわ）が深い深い。

考え込んでいる素振（そぶ）りのクラーク王子だが、頭の中ではもう決まっているだろうに。

「――ねえ、シロエ」

「ヨーテン侯爵家の隠し部屋のコト？　逃がしてくれるんなら調べてきてあげるケド」

にっこり微笑むクラーク王子に、再びカルサイト様の手のひらに押し潰されて地べたに押しつけられたシロエが不満げに答える。この状況でそう言い返せる度胸もすごいよね。

さて、この反抗的な癖の強い国際指名手配犯を、どうやって丸め込むか。クラーク王子の腕の見せどころだな。……アレファルドには絶対無理なやつだな。

「君を逃がすわけにはいかないかな。だって逃がしてしまうと僕が面白くない」

「え？」

「僕は気に入ったものは手元に置いておきたい。できることなら片時も手放さずに観察していたい。……まあ、仕事があるからそれは無理なんだけれど」

「……」

「君は面白いから、僕は君を手元に置いておきたい。僕の影として働くなら面白い任務は君に振る。お給金も出すし、退屈な時はお使いをお願いする。――どう？　君は僕と性質が似ているから、僕が楽しいと君も楽しいと思うんだけれど？」

こっっっわ。あまりの恐ろしさに、体が勝手に震えてしまう。クラリエ卿の方を見ると、頭を抱えておられる。そりゃ抱えるよね。眉間の皺が深い深い……！

「……ボクは裏切るよ？」

「おや、そう？　じゃあしょうがない。拷問しても意味なさそうだしこの場で処分しよう」

「えっ」

もう少し粘って交渉してくると思ったのだろう、シロエが目を見開いた。俺もまさか交渉1回で打ち切りすると思わず驚いた。今の時点で一番使い捨てても問題なく、なおかつ〝影〟としての能力が一番高いのはシロエだ。もう少し譲歩するかと思ったが、クラーク王子は自身の腰に下げた剣を抜く。加虐的な笑顔で押さえつけられるシロエの左側に回り込むと、思い出したように「ああ、エリリエとテリサ嬢は馬車に戻るといい。淑女が見るものではない。それと、汚い悲鳴を聞かせるのも忍びないし轡を」と告げる。

「ま——待って、待って待って。影として働くよ!?　気が変わった。こんな形で死ぬのはヤダよ！　ボクはもっと楽しいまま死にたいの！」

「今まで十分楽しんだだろう？　そんな我儘を言うものではないよ。僕は君より繊細だから、拒まれると悲しくなって殺したくなってしまうんだからしょうがないね」

　こ……怖い怖い怖い怖い。冗談だとしても怖い怖い怖い。その理屈、5年前の俺も当てはまるんですよ！　怖いって！　いや、俺の場合は完全なるアレファルドへの執着からの誘いだったし、当時はしっかりアレファルドの部下だったから仕方ないし!?

あまりの怖さに震えながらクラリエ卿を見てしまう。クラリエ卿としても俺にここまで頼るような眼差しで見られると困るよね、ごめんね！

「そ、そうだね、それは悲しいよね。ボク、王族の個人依頼とか受けたことなくってさぁ！　求められる経験ってなかったからさぁ！　王子サマが言った条件が、ボクにとってどれぐらい有益なのか分からなかったんだよね！」

「……。なるほど？」

必死だな、シロエ。それはそうだろう。自分に似た性質だからこそ、クラーク王子がマジなのは伝わってくるんだろう。ここで譲歩を引き出せなければ首と胴が永遠にお別れだ。

「お給金とかいらないよ！　依頼してくれればいい！　王子サマの影ってどんなものなのか分からないし、せめてお試し期間とか設けてもらいたいっていうかさ！　ヨーテン侯爵家が隠してる子竜を探せばいいんでしょ⁉　監視をつけてくれてもいいから、子竜探しをボクに依頼して⁉　ね⁉　ボクの実力見せてあげるから！」

完全に立場が逆転した。シロエにさっきまでの余裕の表情はなく、クラーク王子が言った条件よりもしょぼい条件になってる。この国際指名手配犯にとっては給金をもらってクラーク王子専属の影になるより、本人が提示した条件の方が働きやすいのかもしれない。

まあ！　普通に命乞いだけどな‼

「お試しの依頼か。なるほどなるほど。確かに実力を示してもらってから、僕と〝面白い〟を共有できた方がいいかもしれないね」

「ソ、ソウソウ。王子サマの〝面白い〟依頼、興味はあるんだよ？　ボクと王子サマは性質が似てるし……？」

「――うちの影を監視につけていいんだよね？」

「もちろん」

「仕事を全うせずに逃げたらどうなるのかも？」

「……わ、分かるとも」

クラーク王子の竜石眼が金色に光る。同じく竜たちが一斉にシロエの方を見下ろした。どうなるか？　命を持ったままこの国を出ることはできそうにないな。こっわ。

さすがのシロエも逃げた代償は今ので完全に理解したんだろう、声が引きつった。

「では、依頼しよう。前金は金貨1枚。子竜を見つけてこられたら金貨2枚追加で支払おう。足りるかな？」

「た、足りるよ」

「カルサイト」

『仕方ないなぁ。裏切ったら食っていいんだろう？』

「ええ？　そんなの食べたらお腹壊さない？　宝玉竜が人間を食べるなんて初めて聞いたな」

『我らは雑食だし、人間も食えると思うぞ』

食ったことはないのに、食ってみようとしてる？　怖い怖い怖い。

「噛み潰すだけにしておきなさい」

笑顔が怖い。

「あ、あの、クラーク様」

「ああ、お待たせ、エリリエ。なんでも屋が仕事をしてくれることになったから、君はエラーナ嬢とファーラ嬢に無事を知らせてあげるといい。でもこのままヨーテン侯爵家に向かわせるわけにはいかないし、今日は城に帰ってくれるかな？」

「いいえ。お屋敷を探すのでしたらわたくしも協力致します！　テリサ様はお屋敷の中にお詳しいと思いますし、案内して頂いてもよろしいですか？」

「え⁉」

誰よりも驚いているのがテリサ嬢ってどういうこと。いや、俺とクラリエ卿もかなり驚いたけれど。ポーカーフェイスの訓練を積んでいるのに、うっかり目を見開いてしまった。

でも、あの、なんていうか、このエリリエ姫の選択……まるでうちの奥さんみたいなんだが？

「屋敷の中を探索するということかな？」

「はい！　子竜が囚われているのなら、早くお助けしたいです！」

「うーーーん」

にっこり微笑んだままだが、これにはクラーク王子も予想外だったようだ。珍しく考え込んでいる。まあ、これは悩むよなぁ。

でも、エリリエ姫の提案は悪くない。多分屋敷の中に子竜はいないからだ。いつ生まれたのかは不明だが、将来的にカルサイト様くらいデカくなると思えば隠す先は所有している鉱山のどこかだろう。つまり、屋敷は外れの可能性が極めて高い。そこを探す――エリリエ姫を比較的安全な場所に置いておくことができるということ。

馬車にいるラナとファーラに事情を話したら、間違いなくエリリエ姫に賛成する。

警護の面からもやりやすいし、ヨーテン侯爵家側は人を屋敷と鉱山に割かなければならない。クラーク王子が鉱山へ視察に行く、とヨーテン侯爵に伝えれば、シロエの方には目が向かないだろう。俺が思いつくってことはクラーク王子も当然考えついているはずだしね。

「――でも、エリリエ、エラーナ嬢とファーラ嬢を巻き込むことになるんじゃない？」

「あ……」

「エリリエ、もしエラーナ嬢とファーラ嬢が反対したら大人しく城に帰ると約束しておくれ」

クラーク王子、この1カ月でラナとファーラの性格をかなり把握してるなぁ。２人が反対したら——するわけないよねぇ！　ああもう胃が痛い。

「は、はい……！　分かりました。お2人まで危険に晒すわけにはいきませんものね」

「と、いうことのようだけれど、テリサ嬢は引き続き協力してくれるかな？」

「……、……やりますわ」

なにがテリサ嬢に協力を決断させたのだろう？　この人もなかなかに不安分子なんだけど。今から行く場所は彼女の実家。いわゆる敵地。屋敷とはいえ敵地にいつ裏切るか分からない人と一緒に行くのは、結構な賭けになるんだけれど？

「ではミナキ、ユーフラン、エリリエたちをよろしくね」

「分かりました！　お任せください！」

「はあ……まあ、ラナとファーラは元々、ですし。しかし、本当に大丈夫ですか？」

テリサ嬢のことだ。ちらり、と視線だけで訴えると、クラリエ卿も頷いてくれた。ですよね。

「——ライヴァーグ殿、貴殿に儂の『黄竜の爪』を2本ほど貸し与えよう。貴殿なら使いこなせるだろう」

「は？」

クラリエ卿がなんか言い出した。なんて？　なんつった？　『黄竜の爪』を、貸す？

マジでなに言ってんの？　『爪』は竜石眼に宿るモノ。貸し出すなんてできるわけがない。

「他国にあるかは分からないが、この国にはこのような方法がある。見ていなさい」

「⁉」

クラリエ卿が取り出したのはこの国の中型竜石。『黄竜の爪』の竜石眼が光り、竜石が共鳴するように光り輝く。竜石の中に2本の爪が浮かび上がって喉がヒュ、と鳴る。嘘だろ？

「そ、そんなこと……⁉」

できんの⁉　本気でびっくりしてしまった。いや、マジでなにそれ！　え、すごい⁉　すごいけど、すごいけどどうやってるのコレ⁉

「集中して自国の竜石へ自身に宿る爪の竜力を込めるのだ。小型では安定せぬから、中型以上でやりなさい。使い方によって2回ほど取り出して使うことができるが、普通は1回使えば器になった竜石は砕けてしまう。砕けた竜石で怪我などせんようにな」

「つ、使い終わった爪は持ち主に戻るんですか？」

「うむ。ただ、竜力を感じ取れない者はそもそも発動できない」

なるほど、条件が厳しいのか。それに回数制限——基本は1回しか使えない、と。

確かに、これなら他の国の爪持ちも使えそうではあるけど……。

「よく守護竜が許しますね」

「今回は子竜が関わっておるゆえ、メシレジンスも協力してくれるだろう。でなくばそもそも付与できん」

「そうですね」

守護竜メシレジンスが俺に『黄竜の爪』を貸すことを許している。プレッシャーがヤバい。

「貴殿は〝始祖〟でもあるゆえ。覚えておいて損はあるまい」

「う」

俺が守護竜セルジジオスから直接『緑竜の爪』をもらっているとご存じ！

まあ、俺の実家も『青竜の爪』の家系だから、教えてもらってありがたい。実家にも教えて、『緑竜セルジジオス』に戻ったら自分でも試してみよう。

「これがあれば〝敵地〟でも戦力に問題はなかろう」

「は、はい。ありがとうございます。お借りします」

そりゃあ『黄竜の爪』を、２本も貸してもらえたら戦力的には問題なかろうよ。むしろ過多では？　上手く使えるか分からないけど。ハッ！　そうじゃん、ぶっつけ本番じゃん！　ヤバ！

「では、わたくしとテリサ嬢はエラーナ様とファーラ様のいる馬車に合流しましょう」

「そうですね。クラリエ卿とクラーク王子は――」

「僕たちはヨーテン侯爵に先触れを出してそのまま鉱山を〝視察〟に行くよ。エリリエたちも、もし侯爵が自宅にいたらそう伝えておいてくれるかな。あくまでも金鉱の採掘量が減った調査を行う必要があるかどうかを、検討するための視察ってことで。ね？」

「は、はい！　も、もちろん分かっております！」

しっかりとエリリエ姫に釘を刺しておくクラーク王子。「絶対にお屋敷で子竜を見つけるぞ！」と意気込んでいたので注意しておくのは必要だろうな。

現時点で〝卵を国に報告せず、孵った子竜が囚われている〟というのはテリサ嬢の証言だけの話。証拠はない。

ただ、金鉱の採掘量問題を思うと可能性はある——という話。もしかしたらもっと別な理由かもしれない。クラーク王子も別の問題だった場合を考えてシロエに「子竜の居所を捜す」という依頼を出したのだろう。他の理由だった場合はシロエに「手を引け」ってことだ。

——でも他に守護竜の意に沿わない行動って……反逆行為、戦争行為ぐらいなのでは？

どっちも信用の足りない国際指名手配犯を利用して探るのは別の面倒ごとを招きかねない。

子竜はこの国にしかいないし、もし子竜を他国に〝輸出〟していたら採掘量が減るどころでは済まないだろう。

私欲のために宝玉竜を捕えているのなら、他国の俺に『黄竜の爪』を貸し与える程度で解決できるって思ってるのかな。それにしても——。

「クラリエ卿、今回の件が落ち着いたら『爪』に関してお話をお伺いしてみたいのですが」

「うむ、構わん。時間を作ろう」

「ありがとうございます」

ありがたい。クラリエ卿は多分親父よりも『爪』に関して詳しい。もしかしたら当主になる者にしか伝えられない技術とかもあるのかもしれないけれど、卿が言う通り俺は——いくら本意ではないとはいえ——始祖になってしまった。『爪』の強力さ、特殊さを幼少期から叩き込まれてきた身としては、力を持つ者として最低限使い方は把握しておきたいんだよね。まあ、自分の子どもには受け継がれて欲しくはないけれども。

ところで俺がクラリエ卿に話を聞きたいです、って言っただけなのにクラーク王子がニッコニッコなのは、なに？ ……クラーク王子の、あのドヤ顔はなに？

「それでは参りましょう、ユーフラン様！」

「そうですねー」

面倒くさいが、ラナとファーラのところへ戻れると思うとちょっと気が楽になる。

油断は一切できないけれども、ね。

エリリエ姫とテリサ嬢、ミナキさんとついてきていた部下数名と共に、崖の合間に停車したままの馬車へと戻ってきた。

馬車には数名の騎士が護衛に残っていて、離れた時同様の警戒感が残る空気。

「フラン！　エリリエ様！　良かった……！　怪我はない⁉」

馬車に近づくと、ラナが飛び出してきた。よほど心配をかけてしまったのか、目許に涙が滲んでいた。わあ、罪悪感。

「エリリエ様もお怪我は⁉」

「わ、わたくしも大丈夫ですわ。ドレスが少し汚れてしまいましたけれど、着替えは持ってきておりますのでお屋敷で着替えさせて頂ければと」

「お城に戻らないのですか⁉」

さすがのラナも、今回のことは今までのものと危険度が違うと感じたんだろう。王族と関わる以上、暗殺の危険はつきまとうが備えているのと経験するのではわけが違う。

ラナは王妃教育を受けていたから──まあ、その記憶がどの程度残っているのかは怪しいところだが──余計にエリリエ姫がここで攫われたことの危険性を察したはずだ。

エリリエ姫もラナの態度に思うところがあるようで、微妙な表情になっている。王族として育てられていれば、まあ、そういう表情にもなるでしょうよ。それでもテリサ嬢の屋敷に子竜を捜しに行くという我を通すなら、ラナとファーラに話さなければならない。

それはクラーク王子と約束したもんね。

「……っ、実は――」

一度困り果てた表情で俯き、少し怯えた表情になったあと、覚悟を決めたように顔を上げる。

そして、テリサ嬢を改めて紹介しつつ、事情を簡潔に説明する。もちろん、あくまでも疑惑ってところをしっかり加えて、ラナとファーラに「もし子竜が囚われていたらと思うと、胸が痛くて。放っておくことなどできないのです！」と訴える。

「なるほど、そういうことなら行くしかありませんわね」

「子竜さんかわいそう……！　ファーラも探すのお手伝いします！」

そうなると思いましたよ。フッ。

「ありがとうございます、エラーナ様、ファーラ様！」

「ですが、テリサ様は実家と敵対することになるのでは？　本当にエリリエ様と行動してよろしいの？」

ラナが当然のことをテリサ嬢に問う。ちなみにエリリエ姫がテリサ嬢の蛮行を伏せて説明したので、ラナとファーラはテリサ嬢がこの件が終わったあと城の牢に入れられるとは思っていない。なので、ラナは純粋にテリサ嬢の身を案じて聞いたのだと思う。

表情も声色も、十全にそれを伝えている。だからテリサ嬢も表情を歪ませて唇を噛む。

「わたくしはクラーク様を、本当にお慕いしておりました。ですがそれがどれほど独りよがりなことだったのか、先ほど思い知ったのです。わたくし程度の者がクラーク様の婚約者であるエリリエ様に嫉妬するなど、いかにおこがましいことだったか」

手を組み、震えた声で語るテリサ嬢。俺はその様子に「ああ、お気づきになられましたか」としか思わなかった。彼女自身もかなり自分の思いに追い詰められていたはずなのに、自分が雇った犯罪者すらドン引きさせるクラーク王子を見て心底理解してしまったんだろう。

これは自分の手に負える人ではない――って。

まあ、それは本当にそう。エリリエ姫がよくさっきのクラーク王子の様子を見てなにも思わないな、と思っている。それとも王族として、割り切っているんだろうか？

クラーク王子が持っている仄暗い部分を受け入れた上で、それでも一緒に生きていく覚悟がある。平然とその暗いモノを孕んだ男の隣に、笑顔で立ち続ける度量。それを見せつけられてしまったからな。はい、俺も本気でエリリエ姫がスゲーと思います。

とはいえ俺も『爪持ち』だ。この力に怯えず、受け入れて笑顔を向けてくれる女性がどれほど偉大かはよく分かるつもりだ。クラーク王子も自分の〝そういうところ〟が他人に恐れられ、嫌悪されるものだと分かっているんだろう。その上で笑顔を向けてくれる女性――エリリエ姫が、どれほど得難い存在か……。

クラーク王子がエリリエ姫に向ける笑顔の意味。俺も分かる。まあ、だからといって俺がクラーク王子に抱く苦手意識がなくなるわけではないけどねぇぇぇ!!

なのでクラーク王子の本性を垣間見て、怯えてしまうテリサ嬢の気持ちはとてもよく分かります。あの人はやると言ったらやる。処刑すると言ったら処刑するだろうし、「協力するなら罪を軽くする」と言うのならその約束は守るだろう。

「……わたくし、エリリエ姫とクラーク殿下のご意向に従います。実家を正せというのならば、そう致します。それでわたくしが身の程を理解しなかった罪への贖罪となりますように」

「そ、そうですか？　……なんか重くない？」

「クラーク王子のヤバさを、身をもって思い知ったんですね」

フッ、と笑いながら答えると、ラナがジト目で見上げてくる。「なんで敬語？」と言わんばかり。深く突っ込まないで欲しい。苦手意識と向き合うと疲労が半端ないもん。

「でもまあ、もしまた裏切るような真似をするようなら拘束させて頂きますし、万が一の時は沙汰を待つことは致しませんので」

「わ、分かっております」

一応釘は刺しておく。いくら女性でもラナとファーラ、そして殺されかけたにもかかわらず贖罪の意を信じてここまで連れてきたエリリエ姫を、また裏切るようなら——。

本人も俺の忠告はちゃんと理解しているようだし、気をつけて見ておけば大丈夫そうかな。

馬車にエリリエ姫とラナ、ファーラを乗せ、御者台に俺とテリサ嬢。ご令嬢を御者台に乗せるのはちょっと気が引けるのだが、３人の安全のためなので。

間もなく森を抜けて大きな屋敷が見えてくる。門の前に使用人が待っており、護衛たちが先行して声をかけた。門の前に使用人がいたのは、クラーク王子が出した使者が俺たちより先にヨーテン侯爵へ「金鉱を視察する」と先触れを出していたからだ。侯爵が今どこにいるかは分からないが、王子の先触れを聞いたらあらゆる仕事を放り出して金鉱に向かうだろう。まあ、もう遅いだろうけれど。

「エリリエ姫様、先にわたくしの部屋で着替えてくださいませ」

御者台から降りたテリサ嬢が使用人にエリリエ姫を2階の自室に案内させ、汚れを落とす湯の準備を言いつける。なにやらテリサ嬢に使用人が耳打ちすると、頭を下げて去っていく。

「父と叔父は金鉱に向かったそうです。クラーク殿下の読み通りですわね。使用人たちを1階の食堂に集めますので、その間に皆様は屋敷をお調べください。おそらくですが、我が家のどこかに地下への入り口があると思います。もし我が屋敷に子竜が隠されているのだとしたら、他に思いつきません」

「――まあ、確かに使用人も知らないのであればそうでしょうね。しかし、それならばテリサ嬢、使用人に2つほど聞いておいて欲しいことがあります」

「はい？」

「1つは子竜の食事。宝玉竜は雑食だと聞きますが、子竜の時期は宝石や黄金を食べると聞いたことがあります。成長すればするほど量は増えていき、歯が生え変わると野菜や肉も食べられるようになるとか。今回金鉱の採掘量が減ったのは、守護竜メシレジンスが怒った以外にも子竜が金鉱の金を食料にしていたからではないでしょうか」

「あ……！」

なので、屋敷にそんな量の宝石や黄金を運び込んだら分かると思う。侯爵が自分で手ずから子竜に与えるため、宝石や黄金を運ぶとは思えない。運ばせるなら使用人にやらせるだろう。

その使用人の証言が得られればいいのだが。

「2つ目は屋敷で侯爵とテリサ嬢の叔父殿が普段過ごす場所。どこで過ごしているのかが分かれば、隠し場所への道がどこにあるか分かると思います。ちなみにテリサ嬢は、心当たりがありますか？」

「あ、あります……！　1階の、書庫です。父と叔父は交代で最近よく書庫で調べ物をしていました。金鉱の採掘量が減った理由や、回復させる手段はないか調べると仰って……」

「なるほど。それは隠し通路がある可能性が高いかもしれませんね」

と、なにやら強い視線を感じて振り返る。案の定というかなんというか、エリリエ姫とラナとファーラが好奇心でキラッキラの眼差しを向けていた。はい、もうダメですねコレ。

「では早速書庫へ参りましょう！」

「そうですね！」

「謎解き謎解き！」

「お三方⁉」

ここにきてテリサ嬢がイケイケのラナたちを引き留めようとするが、俺はもう諦めました。先にエリリエ姫にお着替えをしてもらって普通にお茶会をして、使用人たち全員を食堂なりお茶会会場に集めてさっきの質問をしてもらおうと思ったんだが。

案内役のテリサ嬢をほぼ引きずるように屋敷に入り、俺とミナキさんたちも慌ててそのあとを追う。もう、ラナたちは完全に冒険モード。これは止まらないだろうなぁ。

しかし、書庫に入るとさすがに落ち着きを取り戻した。最初こそ「謎解きだ〜！」と楽しそうだったが、なにもヒントがないのですぐ詰んだ。まあ、そうなると思いましたよ。

「フラーン！　仕掛けのありそうなものなにもないんだけど⁉　なんかこう、本の背表紙を整えたら扉が現れるとか、本棚をずらすと地下への階段が現れるとか、デコボコのついた背表紙の本を隙間に入れるとカチッと音がして本棚がずれるとか！　そういうのないの⁉」

「さすがラナ、この数分で妄想たくましい」

ちょっと俺でも思いつかない量の面白い仕掛けの数々。よく思いつくものだ。やはりラナは小説家に向いている。ラナが書いた物語を読むのが楽しみだなぁ。

「まあ、でも灯台下暗し(とうだいもとくら)だね」

「え？」

と、床に敷かれたどでかい絨毯(じゅうたん)をめくってみせる。現れたのは、端を押し込んで取っ手を持ち上げるタイプの床下扉。それを見たラナとファーラの悔(くや)しそうな顔。

「こんなのつまらないわよ！」

「まあ、でも効率はいいよね。その仕掛けはラナが小説の中で使えば？」

「そうね！　そうするわ！」

本気で悔しそうである。なんかごめんね。

「こんな階段があったなんて……わたくし初めて知りましたわ」

床下扉の近くにしゃがみ込み、不安げな表情を見せるテリサ嬢。自分の住んでいる家に知らない仕掛けがあるのは、確かにちょっと不気味(ぶきみ)に感じるかもね。

「では行ってみましょう」

「エリリエ姫様!?　ほ、本当に行かれるのですか!?」

「もちろんです、ミナキ。わたくし、そのために参りましたのよ」

俺はミナキさんに賛成なんだけど、エリリエ姫は自身の黒髪を手早くポニーテールに結い上げ、ドレスも裾を持ち上げて結ぶ。そしてなんの躊躇もなく、床下扉を持ち上げる。

地下へ続く階段が、不気味に口を開けた。ごくりと息を呑むラナとファーラ。対してエリリエ姫はサクサクと迷いなく下りていってしまった。マジか！　度胸あるなぁ！

「わ、私たちも行きましょう」

「うん！」

「では、ランプの用意を頼みます、ミナキさん。俺が先行するので」

「はい、分かりました！」

ラナの前に俺が下りて、エリリエ姫を呼び止めて全員が下りてくるのを待ってもらう。

壁や天井もしっかり舗装して造られているが、最近造られたものではないな。この屋敷が造られた時に、万が一の時の脱出経路として一緒に造られたんだろう。

ミナキさんからランプを手渡され、全員に頷いてみせてから先に進む。風が足元を流れ、それに乗って竜力も感じる。僅かな土の匂いが先に進むにつれ強くなっていくと、風も激しくなっていく。間もなく光が見えてきて、舗装された道が終わると半開きの岩の扉に辿り着いた。

横のクランクが中途半端に回されていたので、多分これで開けるんだろうけれど……ずいぶん慌てていたんだな。ヨっと……！

「あ、開いた」

ぐるぐるクランクを回してみると、岩が横に動いていく。完全に開いてから出ていくと、今度は右に続く坂道。そして、人と竜の声がビリビリとやたら広大な空洞に響き渡る。

いやー……大当たりすぎでしょ。金鉱に屋敷の隠し通路が通じているとか……！

「紅のキミではないかー」

「シロエがここにいるってことは」

突然壁に貼りついてきたシロエ。空洞の一番下を見下ろすと、鎖に繋がれた赤い鱗の宝玉竜。その宝玉竜の前には2人の男。彼らと対峙するようにクラーク王子とクラリエ卿。そして数人の騎士たちが厳しい表情で立っている。睨み合いの現場で、頭上を取れたのは有利だな。

「フ、フラン」

「待って、静かに。頭上を取れたこのアドバンテージは活かしたい」

「あ、そ、そうね」

ものすごく楽しそうですね、ラナさん。親指まで立てちゃって。

さて、そんなこっちとしてはとっても楽しい状況だけど、下の状況はどんなもんだ？

見下ろして耳を澄ませてみると、ヨーテン侯爵と、テリサ嬢の叔父らしき紳士がクラーク王子に必死に言い訳しているようだった。いや、この状況でよく言い訳ができるものだと思う。だって真後ろに子竜がいるのだ。子竜といっても、すでに4メートルぐらいになっているけれど。宝玉竜の生態なんてよく分からないけど、あれ生後何カ月？

クラーク王子とクラリエ卿は2人のそんな分かりきった言い訳を冷静に詰めている。

時間の問題だろうな、と思って子竜の方を見ると、様子がおかしい。赤い鱗を逆立てて、唸(うな)っている。子竜が唸りながら睨みつけているのは侯爵たちだ。これはちょっとヤバそう。

「ヨーテン侯爵、そろそろ宝玉竜の子をこの場に隠しておくのも限界だよ。知っていると思うが宝玉竜は竜石眼を持つ者か、『聖なる輝き』を持つ者にしか心を開かない。これより大きくなったら、鎖を引きちぎり、制御不能になってうっぷん晴らしを始めるだろう。真っ先に餌食(えじき)になるのは君たちだよ？　見たところ本当に限界だしね」

クラーク王子が鎖に繋がれた子竜の様子を見上げながら、ヨーテン侯爵たちへ警告する。

侯爵たちは狼狽(うろた)えながら、それでもやはり子竜を手放すのは惜しいらしい。いったいなにが侯爵たちの後ろ髪を引くのだろう？

「……もしや竜の生肝(いきぎも)で不老不死の妙薬を作ろうなどとは思っておるまいな？　そのような伝承は、嘘偽りぞ。もしそれが真(まこと)ならば不老不死となった王侯貴族が溢(あふ)れておるわ」

「そ――それは、成竜となる直前の、もっとも生命力に溢れた時の、そ、そう、今まさに、この時期の子竜の肝がよいと……！」

「試してみてもいいけれど、宝玉竜を殺して喰うような者を『黄竜メシレジンス』の民とは認められない。それはもちろん分かるよね？」

「うっ」

なかなか衝撃的な事情——いや、動機かな。宝玉竜の生肝で不老不死？　はあ？　本気でそんな馬鹿な話を信じて試してみようとしていたの？　マジ？

クラーク王子は困ったように顎に人差し指を添えながら、もし本当にこの宝玉竜を殺して食べるならば、「この国から永久に国外追放」と示唆している。当たり前だろう、それは。

「それに、国の守護竜の大事な御子(みこ)を殺して喰うような者は、他国にも受け入れられず、爪弾(つまはじ)き者になるだろうね。だって、誰が迎えたいと思う？　そんな危険人物。家族にも会えなくなり、故郷にも二度と戻れず、他国にも受け入れられない。当然貴族として生きていくことはできない。たとえ本当に不老不死になったところで、それは生き地獄だよねぇ？」

ゆっくりと、クラーク王子の笑みが深くなっていく。語られる末路にヨーテン侯爵たちが顔を青くしていくが、そのくらいの代償は当然だろう。貴族として生まれ育ち、それ以外の身分で生活したことのない者が犯罪者として国外追放されて生活するのは——。

「僕はどっちでもいいけれど、たとえば僕が死んだあと——何百年経とうとも、守護竜たちは忘れない。君たち、一時の真偽も分からない情報に踊らされて、一生を棒に振るの？　僕はどっちでもいいけれどね？」

本当にどっちでもいいと思ってるんだろうなぁ。妖艶に微笑んで、最終通告を行ったクラーク王子に、ヨーテン侯爵たちはたじろぎ、一瞬考えてからゆっくり両手を掲げた。

お手上げ——降参だ。

「拘束して」

「ハッ！」

クラーク王子が後ろに控えていた騎士たちに指示して、ヨーテン侯爵たちを捕えようとした瞬間、俺の横で岩壁に貼りついていたシロエが剥がれた。

あ、まずい。

「クラーク王子！　シロエが！」

「！」

シロエが裏切るなら今だ！　俺が上から声を上げると、クラリエ卿が子竜の方へ駆け出した。

だが、一歩遅かった。シロエが一瞬の隙をついて、子竜の鎖を切り裂いた！　あの野郎！

『ギュオオオオオオオオオ!!』

赤い子竜が輝きを放ちながら体を大きくしてきた。え、なにこれ？　進化している？　幼体から成体になる時ってあんな感じなの⁉　竜の神秘！　じゃ、なくて！　待って待って待って、デカいデカいデカい‼　背中から翼が生えて、４メートルくらいだった体は10メートルくらいになっていく。広かった空洞は、瞬く間に逃げ場がなくなる。

「マジでヤバイ‼　ラナ、ファーラとエリリエ姫を屋敷に連れ帰って！」

「りょ、了解！　行きましょう、ファーラ、エリリエ様！」

「で、でも！」

「ええ、子竜の声が――」

「『ダメです‼』」

良かった、さすがのラナも俺の言うことを分かってくれた。そりゃ、目下宝玉竜が大口開けて怒りの咆哮を上げている光景を見れば、普通の人間は一刻も早くこの場から離れるべきと思うだろう。なんならその咆哮で、洞窟内がガタガタ振動する。天井から小石が降ってくるのが怖すぎるでしょ。それなのにエリリエ姫とファーラはなぜだか子竜の方へ行こうとする。

「お兄ちゃん、あの赤い子の声が聞こえるの！　ファーラに行かせて！」

「え」

ファーラは竜がなにを言っているのか分かるの？　これも『聖なる輝き』を持つ者の力？　いや、だとしても下には同じく『聖なる輝き』を持つ者であるクラリエ卿がいる、なにもファーラが怒り狂った宝玉竜を説得する必要はないだろう。

なによりこの国の『聖なる輝き』を持つ者である、クラリエ卿にお任せするべきだ。

『グアアアァ!!』

「!?」

「フラン！」

ファーラとエリリエ姫を後方のミナキさんへ押し込めていると、翼を得て飛べるようになった宝玉竜が俺たちのいるところまで飛び上がってきた。首をいったん後ろの方へ上向かせ、喉が膨らむ。待って欲しい。まさか――！

「黄竜メシレジンス！　その爪を守りの盾にお借りする!!」

咄嗟にクラリエ卿にもらった中型竜石に奉血する。血をつけた中型竜石が黄金に輝き、守護竜メシレジンスの爪――『黄竜の爪』が顕現した。『黄竜の爪』は成体に成長した宝玉竜の火炎ブレスから俺たちを守ってくれる。っていうか、『黄竜の爪』デカい！　1本が人間2人分余裕で隠れるデカさ。『聖なる輝き』を持つ者を守るために、守護竜メシレジンスが多めに力を貸してくれたようだ。これなら、力押しで押し返せる……!!

「う、おおおお！」

『グ、オッ、ギイイィイ!!』

成体になりたてで、守護竜の子どもである宝玉竜は『黄竜の爪』には敵わない。

火炎ごと『黄竜の爪』で宝玉竜を押し返す。空洞の宙へと戻った宝玉竜は、俺が使った『黄竜の爪』に動揺を見せる。せっかくの隙だが、俺の『黄竜の爪』は借り物だ。瞬く間に消えていく。だが、俺の肩を誰かが後ろから掴んだ。振り返ると、俺の横に出てきたのはエリリエ姫。

「エリリエ姫」

「メシレジンス様が、あなたのことを心配していますよ、ベリル」

そう言って、両手を伸ばしたエリリエ姫の体を白い光が包み込む。これまで見たことがない、不思議な輝き。まるで啓示のように、白い光は強くなっていく。

神々(こうごう)しさすら感じる、この光は――？

「お外へ出ましょう。もうあなたを捕まえる人はいませんよ」

エリリエ姫を包んでいた白い光が宝玉竜の方へ流れていくと、赤い宝玉竜は険しかった眼差しをうっとりと細めていく。そして切なそうに『きゅおおお』と鳴くと、一回転してクラーク王子の元へと降りていった。

白い光が消えたエリリエ姫が振り返って、「もう大丈夫です」と微笑んだ時、これまで黒曜石のように美しかった黒い瞳が黄金の瞳に変化していた。

「エ、エリリエ様、瞳が……」

ラナが震えた声で指差す。ファーラの時と同じく、やはり自覚はないようだ。

「え？」

俺は頭を抱えたくなった。

この瞳の色は、ファーラの時と同じ。今までの瞳の色が黄金に変わる、その意味。

エリリエ姫が不思議そうに俺たちを見回すので、同行した全員がその色を確認した。

「……とりあえず下りてクラーク王子たちと合流しましょうか」

「そ、その方がいいね」

ラナの提案に、全員が頷いた。

6章　ラナの物語

数日後、事態が落ち着いて帰る準備も終わった俺たちは、帰国の挨拶をしに登城した。
まさか『黄竜メシレジンス』に嫁いできたエリリエ姫が、ここにきて『聖なる輝き』を持つ者になると誰が思うよ？

クラーク王子はあのあとすぐにヨーテン侯爵たちを騎士に預けて、シロエを探すように宝玉竜たちに指示した。エリリエ姫は一度ラナたちに寄り添われヨーテン侯爵家の屋敷に戻り、クラリエ卿に寄り添われながら迎えを待った。すぐに『紫竜ディバルディオス』にも連絡がいったようだが、シャオレーン王から「『黄竜メシレジンス』に嫁入りしたので、そのまま貴国で大事にしてください」と返事が来たらしいので本当にあの国の王族は欲がないというか……。

テリサ嬢のこともあってヨーテン侯爵家は侯爵位剥奪(はくだつ)と土地、財産の8割没収。爵位を子爵にされて王都近郊から追放された。一族連座にならなかったのは、クレイドル王の側室の最後の力だろう。その側室が後宮を出るのを条件に廃爵平民降下を回避したと聞く。

クラーク王子的には厄介な側室が1人いなくなってくれたのは、それだけでも良い効果だと言っていた。今回の件で後宮を去った側室は、側室の中でも特に発言権の強い人物だったんだってさ。その上エリリエ姫が『聖なる輝き』を持つ者になったので、クラーク王子に意見できる者はいなくなりそうとのことだ。

まあね。『聖なる輝き』を持つ者が正妃になるのに、不足だからと側室を薦めるような真似をして守護竜のお怒りに触れたくはないもんね。これから国王の側室たちも、王太子妃の側室候補たちも黙るしかないだろう。ドンマイでーす。

そして今回ラナがお茶会で提案した小麦パンやコロッケなどのあれやこれやは、現在問い合わせが殺到しており、小麦パン屋は王都以外の主要都市での出店も決定したという。

おかげでスゥリカたちは寝る間もなくなった。まあ、俺たちは帰りますけどね。儲けのチャンスなのでスゥリカも本望だろう。頑張れ。

「なんかテリサ嬢はちょっと可哀想だったかもしれないわね」

城へ行く馬車の中で、ラナが貴族街の風景を見ながら呟く。まあ、惚れた相手が悪すぎたってことで。ラナが同情する必要はないでしょう。

「スゥリカさんには会っていかないの？」

「ファーラ、前提が違うのよ。忙しそうだからこの隙に帰るの。会ったらあの人、絶対に新メニュー開発とかぶん投げてくるもの。さすがにこれ以上いたら牧場の『竜の遠吠え』対策ができなくなってしまうわ。今年はファーラたちが住んでる施設や竜石職人学校の指導もあるしね」

「そっか！」

今が6月7日。『竜の遠吠え』が7月の初めに来ると思うと、ズルズル先延ばしにして今月中旬まで帰れなかった場合、準備不足になりかねない。畑と畜舎の補強もあるしね。ラナの言う通り、今帰らないとマジで「どうか『竜の遠吠え』まで『聖なる輝き』を持つ者であるファーラ様にいて頂けませんか」って言われそう。帰ろう、一刻も早く。

「なによりフランがすでにソワソワしてるしね」

「早く帰ろう。早く」

——そんな決意を胸に城に到着する。通されたのは庭の薔薇園。ちょっと意外。聞き耳でも立てられそうと思ったが、存外見通しが良くて警護の面でも問題なさそう。

しかし、クラーク王子とエリリエ姫、クラリエ卿以外にクレイドル王もいるとは。

「本日はご挨拶に参りました。この1カ月、衣食住の保証をありがとうございました。明日、帰国したいと思います」

「突然のお願いに応えてくださり、遠いところ『聖なる輝き』を持つ者であるファーラ様も連れ駆けつけてくださったこと、心より感謝します。報酬の方は望むままをご用意致しますわ」

「ありがとうございます。それでは、引き続きわたくしどもと専属契約しているレグルス商会を、『黄竜メシレジンス』でも王宮御用達の商会の末席に加えて頂けますことを、お許しください。支店のスゥリカを通して頂ければ、レグルスとわたくしたちがいつでも駆けつけますわ」

ラナがエリリエ姫に頭を下げてニコニコ微笑み合う。すぐにクラーク王子が椅子を促して「席にどうぞ。ここからはエリリエの友人として振る舞ってくれて構いませんよぉ」とお許しが出る。

っていうか、今日のクラーク王子の格好派手すぎない？　金色の着物。あれなんだっけ、『紫竜ディバルディオス』の伯爵位以下で、武官寄りの身分の者が着る狩衣、だっけ？

なんか細かく衣の種類で身分を表していたけど、さすがにそこまで覚えてないなー。

ただ、こんなに派手な色の着物は多分『紫竜ディバルディオス』では着られない。間違いなく、クラーク王子のオーダーメイドでオリジナルの着こなし。自由でいらっしゃる。

早く帰りたい。

「はあ……もう帰ってしまわれるのですね。寂しいです」

「飛行船の開発が進めば、もっと気軽に来られるようになりますわ。国境の開発も進んでいるので、頻繁には無理だと思いますけれど――エリリエ様にも我が家の側にある温泉をぜひ堪能して頂きたいですもの、いつか我が家にもお泊まりに来てくださいね」

「わあ！　絶対行きます！」

ラナがすごいことをエリリエ姫と約束している。我が家に王族であり新たな『聖なる輝き』

を持つ者になったエリリエ姫をお招きする、だと？　しれっとものすごいこと言ってる。

すごすぎない？　うちの奥さん。見て、護衛の兵たちが震えてるよ。貴族とはいえ下っ端で民間の牧場と言っても差し支えない場所にお招きするなんて。しかも三国の国境だよ？　なに巻き込まれるか分かったもんじゃないよ？

「あ……クラリエ卿、少々お話ししてもよろしいでしょうか」

「うむ。なんでも聞きなさい」

ススス、と席から離れ、ラナたちの話があまり聞こえない位置に立っていたクラリエ卿のところまで移動する。明日帰るので、クラリエ卿と話す機会は今しかない。

「例の『竜爪』を竜石に貸し出すのは、自分の竜石眼に宿る爪を顕現させる竜力を、竜石に流し込むんですよね」

「そうだ。竜力を感知する修業を積んできた爪持ちならば難しくあるまい」

「これって普通の爪持ち一族なら普通に知っていることなんですか？　それとも当主だけが知っていること、とかなんでしょうか」

「はて。他の爪持ちの一族と会ったのは、そなたとそなたの弟以外にはおらん。このように竜爪について話すのも初めてだ」

ああ、それは俺も初めてだなぁ。『緑竜セルジジオス』のベイリー家——ドゥルトーニル家はもう爪を顕現できなくなっている。なんなら、自分の家がベイリー家である自覚もなさそう。基本隠しているしね。俺も自分ち以外だとクラリエ卿が初めてだし。

「教えて頂いた爪の貸し出しは、俺の実家にも教えていいですか？」

「もちろん構わん。元々国防のために編み出された技術だ。守護竜たちによって国と国の民を守るよう役割を与えられているのだから、役割を全うするといい」

「ありがとうございます」

なんとなく、クラリエ卿は話しやすい。親父系のおっさんだからだろうか？　なんか、こういう上司が欲しかったなぁ。

「――俺が『緑竜の爪』を授かったのは、ファーラを守るためであって『緑竜セルジジオス』の王族を守り、監視するためではないのですが……それにしてはあまりにも10爪という力は大きすぎると思うのです。俺には大きすぎて持て余してしまいそうなのです」

だからだろうか。うっかり不安を漏らしてしまった。ラナにも話せない。あの国には俺の知らぬ『緑竜の爪』使いがいるのかもしれないけれど、それでも守護竜セルジジオスに〝直接〟爪を頂いた者は『始祖』となる。俺にはその重責があまりにも重く感じるのだ。元々持っていた『青竜の爪』は、近く消えるだろうし。

「実は儂も8爪が発現した時、貴殿と同じことを思った。儂は末の4男なのだが、兄の中に7

爪の者がいたので、儂はそもそも発現しないと思っていたのだ」

「それは、普通に多いですね」

「だろう？　その上、20年ほど前、クラーク王子の護衛をしていた時、『聖なる輝き』を持つ者にまでなってしまった。儂が『爪持ち』であることは今も伏せられているが、『爪持ち』で『聖なる輝き』を持つ者になるなど前代未聞だろう」

「あ、ああ、はい、それは……そう、ですね」

いや、本当にそうだな。『爪持ち』は、どの国でも国防の要。王族と同等に守られるべき対象である『聖なる輝き』を持つ者になるとは――いや、なれるとは。

守る立場なのに、守られるべき立場にもなってしまった。しかも王太子の護衛騎士が。……複雑極まりないなぁ。

「ただ、あれはもう儂の実力不足。クラーク王子を拐かされ、危険に晒してしまった。8爪の力があったにもかかわらずだ」

「ッ」

「そのまま驕らずに、鍛練も怠らずにおれば良い。力は肝心な時に正しく使えるようにしておかなければ意味がない。持つ力を活かすも殺すも日頃の努力次第よ」

「……そう、ですね」

まさしくその通りだろう。力があっても普段から力を使えるようにしておかなければ。どんなに訓練していても、クラリエ卿のようになっては意味がない。まあ、さすがに『聖なる輝き』を持つ者になるとは思わないだろうけど。

……守護竜セルジジオスが『体質』って言ってたから、『聖なる輝き』を宿せるような清らかな心やら魂やらがあれば、どんな立場の者にも『聖なる輝き』は宿るんだろう。そのきっかけがさっぱり分からないけれど。

ファーラとエリリエ姫が『聖なる輝き』を持つ者になった時の差がありすぎて、基準が分からなすぎる。その辺も聞いておけばよかったな。そんなの、守護竜セルジジオスに偶然会ったあの瞬間に、咄嗟に浮かぶわけがないけれど。

「あ！　そうだ。『聖なる輝き』を持つ者が勢揃いしているし、ファーラ嬢もエリリエも『黄竜メシレジンス』にまだ会ったことはないよねぇ？　挨拶しておくぅ？」

「「「はい？」」」

俺とラナだけでなく、ファーラとエリリエ姫も突然なんか言い出したクラーク王子を見る。テーブルの方は楽しそうに談笑していて、平和でいいなぁ、と思っていたら。どんな会話の流れでそんなことになったんでしょうか？　ラナに目配せするが首を横に振られた。はい、ラナにも意味分からんと。なるほど、いつものクラーク王子か。

「守護竜メシレジンス、紹介するよ。我が妻となるエリリエと、『緑竜セルジジオス』にいるファーラ嬢だよ」

そう言って普通のことのように『黄竜の眼』を発動させると、なぜか地面に向かって声をかけた。な、なんで地面に……？

『まあー！　初めまして！　アタクシはこの国の守護竜メシレジンスよ～』

「「わああああああ⁉」」

「きゃああ⁉」

みっともなく叫んでしまった俺とラナとファーラ。エリリエ姫も地面から突然顔を出した人の頭ぐらいある黄色いモグラに驚いて、椅子から立ち上がった。

え、嘘でしょ？　コレが守護竜、黄竜メシレジンス⁉　確かに黄色いけれども！

「えっっっ……ク、クラーク様……『聖落鱗祭（せいらくりんさい）』以外で、守護竜様をお呼びしてよろしいのですか……⁉」

エリリエ姫の言っていることはごもっともで、俺たちもまさかこんなサクッと呼び出して、しれっと応じるとは思わなかった。アレファルドの戴冠式（たいかんしき）の時にゲルマン陛下が緑竜セルジジオスを呼び出した時は、場所が『青竜アルセジオス』だったから慎重になっていたけれど。

そんな友達呼び出すみたいに……。思わず隣のクラリエ卿を見ると、眉間に皺を寄せて頭を

抱えておられる。ああ……クラリエ卿の日常、胃が痛くなりそうで嫌だなぁ。

「ああ、義父様は『聖落鱗祭』の時だけにしているみたいだねぇ」

あ、やっぱり『黄竜メシレジンス』も基本的に王族が守護竜と謁見するのは、『聖落鱗祭』の時だけなんだな……。だよね。

「でも僕は直系ではなかったから、ハノンに竜力を感じ取るやり方を教わって、本当に『黄竜の眼』が発現するか試してみたんだ。そうしたらちゃんと応えてくれてね。事情を話したら『暇な時気軽にお話ししましょう』って」

『そうよぉ、人間のお茶会って面白そうなんだもの！　この国の王族って男子しか国王になれなくて、お茶会にアタクシを呼んでくれるような子いなかったのよ～。子どもを鉱山で産んで預けてアタクシの意思を伝えやすくしてきたのに、ぜーーーんぜん変わらないのぉ‼』

……黄竜メシレジンスはお喋り好きのおばちゃんみたいなんだな。話が全く途切れない。

動きもウゴウゴしていて、ちょっとキモ……いや、怖い。

『その点、クラークは1人でお茶を飲む時、気軽に呼んでくれるから嬉しいわ～。人間て本当にすぐ大きくなってしまうのね。あと4、50年もしたら死んじゃうんでしょう？　ヤダー！クラークの子どももアタクシとお茶会するように言ってぇ～～～！』

「分かってますよ。女子も王になれるよう法改正もする予定です」

『きゃ～！　嬉しいわ～！　あんまり我儘言ったらディバルディオスに人間への内政干渉ヤメロって文句言われそうだけど、誰かとお喋りしたくなるのよぉ！』

さすがお隣さん。守護竜同士話すこととかあるんだぁ……。

「あ、え、えーと、あの、ファーラといいます。初めまして、メシレジンス様」

「は、初めまして。エリリエと申します。この国に嫁いでくる予定です」

『あらぁあぁ！　初めまして！　ヤダー、女の子じゃない、女の子！　ハノンは寡黙な男だったから嬉しいー！　え、嫁いでくるってもしかしてクラークに？　クラークのお嫁さん⁉　ヤダ、アナタ結婚するの⁉　なによぉ、もっと早く言いなさいよぉ！』

……きつい。別な意味できつい。話が止まらないタイプ、苦手なんだよなぁ。

恐る恐る隣を見ると、クラリエ卿の眉間の皺の深いこと深いこと。

「メシレジンス、お茶はハーブティーでいいですか？」

『いいわよー』

「そうだ。それから、こちらのエラーナ嬢が作ってくれたスイートポテトパンというのがとても美味しいから、食べてみて欲しいな」

『まあ～！　とっても美味しそう！　ヤダー、これってお芋？　アタクシお芋だぁい好きなのぉ～！　しかもこれってディバルディオスのところのお芋じゃない？　ヤッダ、アイツ～、本当に作ってくれたのね、甘いお芋』

なんだか、意味深なこと言ってるな。というか、メシレジンスとディバルディオスは親しそうだな。『紫竜ディバルディオス』であった悶着の時のイメージしかないのだが、メシレジンスには優しいのだろうか？　守護竜同士の関係性よく分からないな。

「メシレジンス様、ディバルディオス様と親しくなさっているのですか……？」

さすがに名前が連呼されて、エリリエ姫も気になったらしい。故郷の守護竜だもん、気になるよね。エリリエ姫が恐る恐るメシレジンス様のお喋りの合間に聞いてみると、『〝きょうだい〟みんな仲良しよ～』と答える。

……きょうだい。

神話・世界創造の伝承だと、この世界は異世界より現れた『王竜クリアレウス』が島と大陸になり、すべての命の根源となっている。守護竜たちは『王竜クレアレウス』の子どもたち。だから〝きょうだい〟なのか。それはそうか。そして守護竜たちからすると、大昔の人間たちが他国を侵略するのは〝きょうだい〟の土地に、無断で侵略したってことだもん。そりゃあ、ブチギレて侵攻軍や砦やらに攻撃かますわ。人が住むには寒い土地でも難民を受け入れ、敵国の『聖なる輝き』を持つ者を殺してしまうほど苛烈な性格と言われる『紫竜ディバルディオス』の伝承も、そう考えると見方が変わるよね。

『そうだわ！　セルジジオスが新しく爪の加護を与えた子がいるって言ってたけど、あなたのコトね？』

「ひっ……あ、は、はい」

話しかけられただと……⁉　っていうか、守護竜同士に情報共有されている⁉

『でも元々はアルセジオスのところの子なのね。ふーん、ブラクジリオスもディバルディオスもアナタが聖なる輝きを持つ者を守っているのを知ってたわ。エリリエはこれからアタクシの国の王となるクラークの妻になる。そのエリリエも守ってもらったし、アタクシからも爪の加護を与えてあげようかしら』

「あ、結構です。明日帰りますし、体調が悪くなってしまうので」

『あらぁ～、即答で断られてしまったわぁ～！　あはははははは‼』

気分を害するかと思ったが、そんなことはなかった。むしろ本当に楽しそうですね。

というか、直接言葉を交わしたこともないのに俺の存在守護竜の皆さんに把握されてるのめっちゃ怖い。誰か嘘だと言って。震える。

『それにしてもクラークおすすめのスイートポテトパン、本当に美味しいわねぇ！　これ作ったのがアナタ？』

「は、はい」

あっさり俺ではなくラナの方に話を振るメシレジンス様。そういえば気づくと何個目だろう？　そして、国王陛下が完全に気配を消しているんだけど、メシレジンス様、現王になにも言葉をかけないのはいいんだろうか？

『アナタの話もセルジジオスに聞いてるわ！　アナタたち、エラーナとユーフラン。そう、アナタたち2人、ヘルディオスにも会いに行くといいわ。ヘルディオスもアナタたちのことは知ってると思うから、話してみなさいな。ヘルディオスも会いたがってたし、アナタたちなら〝灰竜グレイフィオス〟の大地を甦らせることができるかもしれない。なんかヒコウセン？って、空を飛ぶ竜石道具を作っているんでしょう？　グレイフィオスに行ければきっと〝竜の子〟も目覚めさせることができるもの』

「……。……？　は、はあ……？」

じょ、情報量が、お、多すぎて……ラナじゃなくてもどこから突っ込めばいいのか分からない。怖いことを言われたのは分かる。は？　ヘルディオスが俺たちに、会いたがってる？

「え、えーと……聞いたことのない竜様のお名前があるのですが……」

ここにきてファーラが『赤竜三島ヘルディオス』に祀られる、胴体大陸にはいない竜の話が真実味を帯びてきたように思う。ファーラを見ると、なぜか瞳をキラキラさせている。

確か、『赤竜三島ヘルディオス』には胴体大陸の5体の守護竜と竜頭の三島以外にも、天空を守護する『天空竜スカイファルゼ』、海を守護する『深海竜ワダツミ』がいるとかなんとか。

もしかして、『赤竜三島ヘルディオス』にはその他にも竜が祀られているのか？

ファーラはその名前――『灰竜グレイフィオス』の名前が出て好奇心に支配されている？

「ファーラは知ってる！『赤竜三島ヘルディオス』で教わったの！胴体大陸には青、黒、緑、黄色、紫の5体の守護竜様、竜の頭に赤い竜。竜の尾に灰色の竜、右翼が際限なき空の支配者、左翼が海の荒ぶる強竜。9つの竜に認められると王竜クリアレウス様の最後の子ども、白竜ホワイトリリアス様を目覚めさせることができる。白竜ホワイトリリアス様は、異世界との扉を開いて旅に出るんだって！」

なにそれぇ。

「い、異世界……？　それって……」

「！」

ラナの顔色が一気に変わる。異世界……異世界！　そうだ、ラナの前世の世界は、異世界！　この場でファーラしか知らなかった『赤竜三島ヘルディオス』で祀られる『白竜ホワイトリリアス』は界を司（つかさど）るのか。それって、ラナの前世と、関係がある？

「異世界との扉が開くって、なにかいいことなのかい？」

そこに水を差すクラーク王子。まあ、俺もそう思うけれども。

「異世界の富と知識が手に入るって習いました」

「異界の富と知識？　僕には価値が分からないなぁ」

そりゃあクラーク王子はそうだろうなぁ。

「……ラナ、大丈夫？」

「あ、う、うん。平気よ。……でも、そうね、『赤竜三島ヘルディオス』は竜石道具が大好きって言ってたし、フランが作った竜石道具は特に喜んで受け入れてもらってるみたいだから、行ってみるのもありかもしれないわね。あの国って問題が多いから、そこだけは心配だけど……」

そうかな？　俺はそれ以外にも気温と訛りが心配だよ。グライスさんはそうでもないけれど、レグルスと時々クラナや子どもらもすごい訛るよ。そういう意味でも、言葉が通じるかどうか。

「『赤竜三島ヘルディオス』かぁ。確かにあの国、面倒なんだよねぇ。まあ、関わらなくても別に困らないから、うちは別にいいんだけれど」

そりゃあ『黄竜メシレジンス』は豊かな国だもんね。『赤竜三島ヘルディオス』は環境も文化も厳しすぎる。好んで関わるものでもないのかな。でも、正直あの国で今も虐げられている子どもがいると思うと、ちょっと放っておくのは……気になるというか、ね。

それに、ラナは今あまり気にしないようにしているみたいだけれど、『白竜ホワイトリリアス』の話は俺も予想外で驚いている。『悪役令嬢エラーナ』の破滅エンドは回避しているが、ラナが突然前世の記憶を蘇(よみがえ)らせたことと、その『白竜ホワイトリリアス』はなにか関係があるのだろうか？　『白竜ホワイトリリアス』が異世界の扉を開き、異世界の富と知識を齎(もたら)す――まるで、それはラナのようではないか。異世界の、前世の知識はラナと俺と――そして世界を変えつつある。無関係と切り捨てるには、些(いささ)か無理があるように思うほど。

『ヘルディン族でしょー？　ヘルディオスも困っていたわ。族長に何度もすべての民を平等に治めよって言ってるのに、本人たちはちゃんとやってるつもりみたい。きっと見えていないのよね、自分たちより下の身分の者たちが。傲慢に仕上がった人間ってそういうところがあるでしょ？　ヘルディン族の族長一族ってそうなのよ』

と、ティーカップを手に持つメシレジンス様がうんうん頷きながら言う。それはそれとして、あの鋭い爪の手でよくティーカップを傷つけずに持ってるもんだ。

「メシレジンス様も、我が国が『赤竜三島ヘルディオス』に関わるべきだと思いますか？」

少し姿勢を正すクラーク王子が、テーブルのバスケットからスイートポテトパンを手に取る。

……本当にお好きですね。

『アタクシは人間の政治に関わらないわ。クラークのあともアタクシとお茶会はして欲しいけれど！　この国が国として赤竜三島ヘルディオスと関わるかどうかは、アナタたちが決めなさいな。個人的には身分差で切り捨てられている民を悼(いた)んでいるヘルディオスのために、アタクシもなにかしてあげられたらって思うけど……なーんにもできないのよね』

「守護竜ヘルディオス様、ファーラたちみたいな子どものこと心配してくれていたんですか？」

『そうよ。ヘルディオスは優しいの。心配性だし、慎重なのよ。でもディバルディオスよりも口下手で無口なのよ！　きっと頭の中の半分も言葉にできないのよ！』

あー、いるよね、そういうタイプの人。メシレジンス様と足して割ったらちょうどよさそう。

しかし、ファーラがむずむずとした表情で嬉しそう。故郷『赤竜三島ヘルディオス』の守護竜ヘルディオスが、実はずっと、ちゃんとファーラたちのような捨てられた子どもたちを案じていたんだな。それはファーラとしても嬉しいか。良かったね。

「あ、あの、それじゃあファーラが『赤竜三島ヘルディオス』で教わったことって本当のことだったんですか？　あのあの、胴体大陸に来たら『天空竜スカイファルゼ』様や『深海竜ワダツミ』様のこととか誰も知らないんです。なんで胴体大陸の人は知らないのかなって」

『えー、そうねぇ……忘れちゃったんじゃない？　ヘルディン族は閉鎖的だし、胴体大陸と交流が少ないし……アタクシたちが人間同士の戦争を止めてから、人間たちってばホントよそよそしくなっちゃってねぇ〜。聖落鱗祭の時以外、呼ばれなくなったのよぉ！』

大昔は守護竜と人間ってもっと距離が近かったんだ？　戦争は人間の都合。守護竜たちに怒られてから、人間たちはその力に平伏して崇める（あが）ようになった。崇めるからにはクラーク王子のように気安く呼び出すのは〝失礼〟だろう。

それで胴体大陸の住人は竜たちの事情を知る機会を失っていって——忘れ去られた。

その代わり、閉鎖的で自分たちの文化だけを大切にしてきたヘルディン族だけが、竜たちを覚えていた。ちょっと皮肉だね。

『だからねぇ、灰竜グレイフィオスや天空竜スカイファルゼや深海竜ワダツミはホントにいるわよ。マジよ、マジ。忘れられててちょっと可哀想よね』

「ほんとにいるんだぁ！」

「え、本当にいるの？」

『いるわよ』

喜ぶファーラと、本当に意外そうなクラーク王子。そして、先ほどのファーラのように好奇心に火がついたワクワクの表情のエリリエ姫。あれ、なんだろうな、この嫌な予感。

「では、もしかして『竜の遠吠え』も、その『天空竜スカイファルゼ』様や『深海竜ワダツミ』様が関わっておいでなのですか？」

『ああ、あれはあの2体の落鱗の時期なのよ。2体が体を大きく振って鱗を落とすから、風と海が荒ぶってしまうの。仕方のないことなのよ。許してあげてね』

「は——はっ⁉　僕それ初めて聞いたんだけど⁉」

『だって聞かれたことなかったもの』

エリリエ姫が聞いたことに、メシレジンス様が答える。ちょっと守護竜様と話すとしれっととんでもないことが発覚するのなんなの。クラーク王子が驚いてるところとかレアすぎる。

いや、俺も驚いてるよ。まさか『竜の遠吠え』が、名も忘れられた空と海の守護竜たちが鱗を落とす——胴体大陸では年の最後に行われる『聖落鱗祭』のことだと……!?

いや、規模。規模がおかしい。胴体大陸の守護竜たちは落鱗しても天災など発生しない。どうなってるの、空と海の守護竜。もしかして、黒竜ブラクジリオス様よりも……でかい？

……理解の範疇(はんちゅう)超えてきたぞ。

「そ、それでは、ファーラ嬢の言う通り、『竜の遠吠え』で我が国の竜石道具の竜石核が壊れるのは……『加護なし』たちの力で防げるのですか？」

気配を消していたクレイドル王が喋った！　なんか前回のお茶会の時も側室たちに囲まれて黙り込んで気配消していたけれど、結構ちゃんと国内の問題を考えていたんだな。まあ、国王なのでそれは当たり前か。

『あの2体の竜力がぶつかり合って起こるのが〝竜の遠吠え〟と呼ばれる大嵐よ。〝加護なし〟と呼ばれる子たちは、体質的に竜力を遮断(しゃだん)してしまうの。あの2体の竜力の塊(かたまり)が特に強く残っている状態でうちの国に上陸するから、うちの国の竜石は壊れちゃうのよね。つまり〝加護なし〟の子たちの体質は有効よ。でも生身の人間だから、暴風や濁流には普通に弱いと思うわ』

「お、おお……！　クラークよ、すぐに『青竜アルセジオス』から『加護なし』を引き取ってこよう。竜馬籠の竜石だけでも守ってもらわなければ」

「そうですね、今日中に手紙を出しましょう。アレファルドはいい子だから、きっとすぐに送ってくれるでしょう」

　ニコニコ言っているところがとても怖いです。

「ですが、この国の方々は『竜の遠吠え』で毎年ものすごい被害を被(こうむ)っているのですよね？　鱗を落とすなとも言えませんし、せめてもう少し遠くでやって頂くことはできないのでしょうか」

　と、頬に手を当てて心配そうにするエリリエ姫。仰ることはよく分かる。『青竜アルセジオス』も毎年洪水被害が出るし、去年『緑竜セルジジオス』で経験した『竜の遠吠え』は、自分たちで嵐に飛ばされないよう対策をしなければいけないし、本当に労力的にも精神的にもしんどかった。……ああ、去年はラナへの手紙を考えるために部屋に引きこもってたのもあって精神的にしんどかったんだっけ……。今思い出してもあの手紙は燃やして正解だったな。

『うーん、そうねぇ。お互いの竜力のぶつかり合いで嵐が起こることを思うと……落鱗の時期をずらせばいいのかなとも思うけど……鱗の落ちる時期ばっかりは自分でなんとかできるものじゃないしねぇ……』

「そうなのですね……」

髪が伸びるのを自分で調整できないようなもんか。じゃあやっぱり仕方ないのか。悪気があってやってることじゃないんだもんね。……胴体大陸の被害が甚大になってしまうだけで。

『ところでこのスイートポテトパンもうないのかしら？』

「本当ですね、もうなくなってしまいましたねぇ」

「す、すみません、わたくしもたくさん食べてしまいました！」

「た、たくさん食べて頂いてなによりですわ。ですが、スイートポテトパンは甘露芋を使っておりますので食べすぎると食物繊維の取りすぎで、お腹を下してしまいますわ。1日3個ほどになさった方がいいです。……おならも出てしまいますし」

「「……」」

『え、そ、そうなの!?』

俺が覚えているだけでもクラーク王子とエリリエ姫は4個ほど食べていた。そして食べるのが初めてではないから、ラナのつけ加えた部分に心当たりがあるんだろう、ものすごい速度で目を逸らしたぞ。メシレジンス様は――竜っておならするの……？

『でもでも、こんなに美味しいのに……！　ディバルディオスがアタクシのために作ってくれた甘いお芋なのに……⁉　これ以上食べちゃダメなの⁉』

「えーと、食べてもいいと思いますが、何事も過ぎれば毒と言いますか……。メシレジンス様とディバルディオス様は本当に仲がよろしいのですね」

『そうよ。お隣さんだし、多分〝きょうだい〟の中でアタクシだけがメスだからなのか、ディバルディオスはアタクシにだけやたらと優しいの。アルセジオスとはソリが合わないみたいだけれどね』

これはこれで衝撃の事実では……？　守護竜たちの中でメシレジンス様だけが〝メス〟！

「女の子なの、メシレジンス様だけなの？」

『そうなのよ。だからアタクシの国だけ、宝玉竜がいるの。宝玉竜はアタクシの子ども！　アタクシが鉱山で卵を産んで、宝石が器となって成長するの。竜はメスだけで子どもを作れるのよ。でもやっぱり番と子どもを作ったわけじゃないから、子どもたちはアタクシたちみたいな竜力を持ってないのよねぇ』

宝玉竜がこの国にしかいない理由が、まさかこんな形で明かされるとは思わんだろ。

黄竜メシレジンスだけがメスだから。……メスだからかぁ。

「ディバルディオス様とおつき合いなさいませんの⁉」

「セル様、小さくてかわいかったですよ！」

「「!?」」

突然始まったエリリエ姫とファーラの守護竜推奨会。エリリエ姫はやはり故郷の守護竜ディバルディオス。ファーラは話したこともある守護竜セルジジオス。

クラーク王子もちょっとびっくりした顔してない？

『ディバルディオスって兄貴ヅラが面倒くさいし、セルジジオスは子どもっぽすぎるのよね～』

緑竜セルジジオス様が子どもっぽいのは否定のしようがないなぁ。

「メシレジンス様が気になる殿方はおられませんの!?」

「!?」

え、ラナまで参戦!?　この話題掘り下げるんですか!?

『いないわねぇ』

「アルセジオス様やブラクジリオス様は？」

『アルセジオスはマジでないわ。アイツ自分の方が綺麗だと思ってんの。そうかもしれないけど、美醜で判断する奴って駄目だと思うのね。なにより、自分より美しくないメスなんて、って嘲笑ってくるのは！』

いかん、俺の故郷の守護竜性格が悪そうだ。ラナまで口の端が引きつっているぞ。

遠目から見た水の体を持つ青竜アルセジオスは、確かに美しかった。しかしまさか、その美しさをそこまで自負しておられたとは……。

『ブラクジリオスは、ちょっと頭が弱いのよね』

大雨の中、うっすらと見た巨体を思い出す。あの巨体で頭が弱い系なの怖すぎない？

いや、トワ様の純粋な姿を見てると、トワ様と黒竜ブラクジリオスは相性よさそうだけれど。

「じゃあヘルディオス様は？」

ファーラ、諦めずに推すねぇ……。

『話がつまんないのよ、ヘルディオスは』

そういえば優しいけれど口下手って言ってたね。乙女心は難しいな。

「なんだか、メシレジンス様がヒロインの乙女ゲーみたい……」

「オトメゲー……？」

「な、なんでもないわよ」

またラナ語？　あとでどういう意味なのかを聞いてみようかな。

『アタクシの話よりも、ファーラとエリリエの話を聞きたいわ！　それに、エラーナは元々アルセジオスの国の王子の婚約者だったんでしょ？　それなのにリファナが現れたから、婚約破棄になったって聞いたわ』

「だ、誰に聞いたんですか⁉」

『アルセジオスに聞いたのよ。あのね、結構人間の国であったことって、アタクシたちに筒抜けなのよ？　ブラクジリオスは、トワイライトに聞いたことをよく教えてくれるわ』

「トワ様が竜様はいつも見守ってくれてるって言ってた！」

ああ、そういえばそんなこと言ってたね。あれってマジだったんだ。

「……？　竜様たちっていつもどこでなにしてるんですか？」

ファーラが首を傾げる。俺とラナは守護竜セルジジオスが紅獅子の森に現れたのを見ている。結構普通にその辺にいるイメージだったけれど、やっぱりそんなことないんだろうか？

『アタクシたちは普段、自国の中にある〝竜の巣〟でのんびり過ごしてるわ。国に満ちている竜力で国内の事情は結構把握してるし、竜力を通して念話っていえばいいのかしら？　頭の中で他の竜とお喋りしてるの。まあ、アタクシが一方的に喋ってることが多いんだけれど』

え、そうなんだ。竜力って人間にとっては竜石道具を使うためのエネルギーのようなものだけれど、守護竜たちは竜力をそんなことに使えるの？　やっぱ守護竜ってすごいな。

「メシレジンス様のお家ってどこにあるんですか？」

ファーラ！　それは聞いてはいけないでしょう！　メシレジンス様も『ウフフ、それは内緒よ～』と躱（かわ）されてしまう。

「失礼致します。コロッケとカレーパンが揚がりました」

『まあ〜！　この間のお茶会に出された美味しそうなやつ〜〜〜！』

ラナ、コロッケとカレーパンも作ってもらっていたのか。運ばれてきたコロッケとカレーパンに、誰よりも早く反応したのはメシレジンス様。テーブルに置かれたコロッケは、形が何種類かあった。俺も初めて見るのだが？

「こほん。……まさかメシレジンス様もいらっしゃるとは思いませんでしたが、明日帰国しますのでわたくしから最後のレシピ提供ですわ。今後この国でパン粉と『台風コロッケ』もとい『竜の遠吠えコロッケ』が定着するよう、コロッケを何種類か用意しましたの。楕円(だえん)のものが通常のジャガイモコロッケ。黄色いのがジャガイモとコーンのコロッケ。ややオレンジ色のものがカボチャコロッケ。四角いのが甘露芋コロッケ。大きいのがニンジンやコーンや玉ねぎも入っている野菜コロッケ。少しパン粉が粗い茶色いのが挽肉が入った牛肉コロッケ。別のお皿にカットしてご用意したのが、豚肉を包んで揚げたローストンカツ。薄く切った豚ロースを重ねて揚げたミルフィーユトンカツ。そしてこちらがチキンカツ。カレーパンも右からビーフカレー、ローストカレー、チキンカレーの3種類ご用意しました。そしてこれは、クラリエ卿から騎士団の食堂に納品した海老フライとタルタルソースですわ！」

「こんなにたくさん……！」

「これは壮観だねぇ。揚げ物でこれほど多種多様な作り方があるなんて」

いや、本当にすごいな。ラナが「これでもまだ一部なので、後日レグルス商会支店と騎士団の食堂で他の揚げ物もご確認ください」と言う。中でも海老フライとタルタルソースは自信作、と胸を張るラナ。ええ……超可愛い……可愛すぎませんか？　胸を張るラナが世界一可愛い。

「ああ、なんて贅沢なんでしょう！　どれから食べるべきか、目移りしてしまいます！」

「基本的に卵と小麦粉、パン粉の衣で揚げればだいたい食べられると思います。茹で卵とか、ハンバーグとか」

「ハンバーグまで？　エラーナ嬢は本当に大胆なことを考えるなぁ。頭の固いアレファルドでは、君の才覚を活かしきれなかっただろうねぇ。ではローストンカツを食べてみようかなぁ」

『アタクシ、海老フライが食べたい！』

「はい、取り分けますね」

メシレジンス様に小皿で取り分けるクラーク王子。王太子のこんな姿、相手が守護竜だからこそだろうな。すごい光景だよね……。

「ライヴァーグ卿はどれがお薦めだ？」

「ンン……そうですね……トンカツはお世辞抜きで最高でしたね」

卿、って呼ばれるの初めてかもしれない。こそばゆいな。そしてこの中でクラリエ卿が好きそうなのは肉だろう。一度試食しているし、一発で好物ランキング上位に入ってきたからな。

「ほう、では儂はそれを頂こう」

「エラーナ様は本当にすごいですわ。こんなにたくさん、一気に思いつくんですもの。エラーナ様が王妃になっていたら、『青竜アルセジオス』はさぞ発展したでしょうね」

カレーパンを齧りながら目を閉じて味わっておられるエリリエ姫、嫌味でもなんでもなく天然でアレファルドの大失態、と言ってるんだが本人は気づいてないいんだろうなぁ。

「そこに気づかずやらかしてしまうのがアレファルドなんだよねぇ。まあ、アルセジオス前王がフォローしたから、実質帳消しのようになっているけれど——君たちが『青竜アルセジオス』に戻っていない時点で分かる者は分かっているだろうねぇ」

「「………………」」

ラナと顔を見合わせる。やはりアルセジオス王のフォローは詳しい事情を知らない者には効果絶大だが、しっかり情報を集めている者にはバレてるな。

「——そういえばエラーナ嬢とユーフランは結婚式って挙げたのかなぁ？」

「え、い、いいえ」

ニコニコ笑いながらクラーク王子が次に手に取ったのは牛肉コロッケ。この人も結構肉好きだな。でも牛肉コロッケもマジで美味しいよね。だからって俺のクラーク王子への苦手意識は一切薄まってないけどね。正直ずっと鳥肌止まってないから。

「僕とエリリエは秋頃に挙げる予定なんだけれど、一緒に挙げない？」

この人はなにを言っているんでしょうか？

王族と他国の末端貴族が同じ場所、同じ日に式を挙げる？　国民からしたら『誰だこいつら？』って思われるじゃん。困惑させるから。『黄竜メシレジンス』の国民困惑するからやめろ。

「いっ――いいえ、それはさすがに！　あ、でも、お祝いにはぜひ駆けつけたく思います！」

さすがのラナも「なに言ってんのこいつ」って顔になって即断りを入れている。それはそうだよね。しかし、断りを入れるためにエリリエ姫とクラーク王子の結婚式に「招待くだされば応じます」って言っちゃった。あ～、また『黄竜メシレジンス』に来なきゃいけない～！　いい～や～だぁ～～～！

エリリエ姫のご結婚は喜ばしいしお祝いはしたいしクラリエ卿の話を聞くのは嫌じゃないけど、クラーク王子が本当に苦手なんだよ……!!

「そう。じゃあ招待状を送るねぇ？　良かったね、エリリエ。エラーナ嬢たちが結婚式に来てくれるって、約束してくれたよぉ」

こっちは言質（げんち）取られたともいう。

「では、早ければまた秋にお会いできるんですね……！」

『嬉しいわ！　またみんなでお茶会しましょう！』

メシレジンス様、クラーク王子が取り分けて皿で渡したはずなのに、野菜コロッケの皿を手に持ってむしゃむしゃしておられる。すっごい食べてるな。

「あの、あの、結婚式、ファーラも来てもいいですか？」

「もちろんですわ！　ファーラ様もぜひ来てくださいませ！」

「エラーナお姉ちゃんとユーお兄ちゃんの結婚式も、ファーラが帰ったらみんなに相談して結婚式の日とか決めるので、招待状も書くので、えっと、エリリエ様来てくれる？」

「まあ！　もちろんですわ！　もちろんですとも！」

「「えっ」」

ファ、ファーラさん？　なにを言い出されるんですか？　え？　帰国したら俺たちの結婚式をやるの!?　思わずラナと顔を見合わせると、ラナも驚いた表情をしていた。しかし、その驚きの中に嬉しそうと恥ずかしそうなモノが……。

「カールレートお兄さんたちもまだ結婚式してないって言ってたから、お祭りみたいにしようよ！　お兄ちゃんたちが結婚式挙げるって言ったら、ダージスもクラナにプロポーズすると思うの！　……ダージス、意気地ないから」

「え!?　あ、あの2人、もうそこまで進んだの!?」

ラナも驚いたが俺も驚いたよ。ダージスの野郎……。クラナと結婚って、収入とか生活する場所とか、ちゃんと決まっているんだろうなぁ……？　帰国したらきっちり話を聞かなければいけないなぁ……？　あの野郎。

「クラナって……どなた？」

「あ、ファーラのお姉ちゃん！　血は繋がってないけど。今ユーお兄ちゃんのお友達と恋人なの。でもダージス意気地がない。クラナはプロポーズ待ってるのに、そういう雰囲気になっても全然プロポーズしてこないって」

「ま、まあ！　秒読み段階なのですね……！」

マジでいつの間にそこまで進みやがったのか。つき合い始めてまだ1年も経ってないだろうに。俺とラナのような特殊な事情でもないんだから、やっぱり許されんよなぁ？　ダージス、クラナと結婚したければ俺を倒してからにしてもらおうか……？

「カールレートさんとダージスと合同結婚式ってこと？　なぜかしら？　嫌だわ」

「俺もあの2人と一緒に結婚式は嫌だなぁ」

「えー？」

節約にはなりそうだけど、カールレート兄さんはあの辺の次期領主だし、俺やダージスと一緒はダメでしょ。というか、多分エリオーナ嬢が絶対嫌がるでしょ。俺たちや、平民になったダージスとクラナとの合同結婚式は。

『ファーラは気になる人はいないの？』

と、コロッケをむしゃむしゃ食べ比べてるメシレジンス様。……ちょっとそろそろこの体のどこに入っていっているのか気になってきたな。メシレジンス様、体積以上に食べてない？

「え、あ、え、えーと……」

「そういえばアレファルド様の戴冠祝賀会で、ユーフラン様の弟君にエスコートされておられましたよね」

『あ、やっぱりあの坊やと……そうなの～？』

「うっ、ま、まだ分からないです！」

にこり、とクラーク王子に微笑まれて顔を背ける。なぜこの話題で俺に微笑みかける？

いや、ちょっとだけ言いたいことは分かる。『聖なる輝き』を持つ者であるファーラを、俺の故郷の『青竜アルセジオス』貴族である俺の弟クールガンが口説(くど)いてるって深読みされてそう。

クールガンのことは本当に俺も予想外だったんだって。

「……クラーク、そろそろ」

「ああ、もうそんな時間ですかぁ」

はあ、と溜息を吐くクラーク王子と、そのクラーク王子に声をかけたクレイドル王。

2人が視線を向けたのは燕尾服(えんびふく)の男だ。その手には懐中時計。王族の2人がここまで長時間お茶会につき合ってくれていたのがすごいよね。

『いいわねぇ、いいわねぇ！　ディバルディオスに文句言われそうだけれど、アナタたちのこれからを見守るの、本当に楽しみだわ！　秋のクラークとエリリエの結婚式に、またアナタたちの話を聞くの楽しみにしているわね！』

「はい！　ぜひまたお茶会致しましょう！」

「メシレジンス様にたくさんお話しできたの、楽しかったです！」

という感じで、お別れの挨拶のお茶会は終わり。あああ、やっと終わった。まだ完全に気は抜けないが、これでやっと帰れる。今までで一番『緑竜セルジジオス』に帰れるのが嬉しい！

感極まって泣きそう。

「……帰る前にこれだけ教えておく。件(くだん)の〝なんでも屋〟は、こちらで捕らえた」

燕尾服の男がクラリエ卿の斜め後ろに移動してきて、僅かに声がした。クラリエ卿が頷いてから俺の耳元に小声でそう教えてくれた。〝なんでも屋〟――シロエか。

やはりあんな見た目でも、お喋りでも、守護竜メシレジンスと宝玉竜の見張るこの国から出るのは不可能だったたんだろうな。

「処遇は」

「さて。クラーク様の気分次第であろう」

それが一番怖いんですよ。その時の気分次第って……。

「まあ、あの方が首輪をかけるというのであれば、もう自由には生きられまい。王族の持つ『黄竜の眼』には、守護竜以外に使うと［絶対服従］の効果があるからな」

ああ、あったね、そんな効果。自国の民に限定されているけれど。そういう強い効果も持つから、王族限定だし王族の影である『ベイリー家』には王族監視の役割がある。［絶対服従］は『ベイリー家』には通用しない。

『青竜アルセジオス』では長らく使われていないし、よほどの重罪人にしか用いてはならないという〝法〟があるから忘れてた。

けど、シロエに効果あるのかな？　シロエは『黄竜メシレジンス』の民っていうわけでは、ないと思うんだけれど。一度クラーク王子に屈しているから、イケるかも？

「貴殿が女盗賊ディーアを捕らえた話は聞いている。あの女の盗んだものの中に『紫竜ディバルディオス』の侯爵家――『紫竜ディバルディオス』避雷針の御三家と呼ばれる『爪持ち』のような家系の〝兵器〟の1つがあるという話を聞いた」

「え」

「どこかに隠してあるのかとも思ったが、あの女に息子がいることが今回分かった。もしかしたら、あの女の産んだ子の誰かが持っているかもしれない。あの国の道具は一族の者の持つ竜石眼がなければ扱えぬが、物自体に価値がある。それに、あの〝なんでも屋〟のような快楽主義者が他にいないとも限らぬ。気は抜かぬようにな」

うげぇ。

「……まあ、密猟者も減って、最近暇だからいいですよ」

「ああ、そうしなさい」

しんどいお茶会だった。

城から出て、心の底から安堵する。息を吐き出した途端、体まで軽くなった気がして自分がどれほど緊張していたのか実感する。クラーク王子と同じ空気を吸っていたと思うと、それだけでもしんどかった。ホンッッットに怖かったよぉ……！

「そうだわ、帰る前にルージットさんに相談したいことがあるの。クラリエ出版社に寄ってもいいかしら？」

「ああ、小説の件？」

「そう！　なんかアイデアがいっぱい出てきちゃって、最初の作品がもしも無事に書き終えられたら、次の作品もそのまま書いちゃダメかな〜、なんて……」

「へえ」

ラナは元々アイデアが溢れるタイプだったもんね。いいと思います。

「お姉ちゃん、ロマンス物語小説書くの⁉」

「上手く書けるか分からないけれど、書いてみたいお話はたくさんあるの。その相談をしてみようかなって」

「わ〜！　素敵素敵！　ファーラ応援する！」

「ありがとう、ファーラ」

ファーラもロマンス物語小説好きだもんね。

3人で貴族街へ向かい、出版社に顔を出す。俺たちがファーラ──『聖なる輝き』を持つ者を連れてきたことで出版社内が騒然となったのはちょっと申し訳なかったかもしれない。

でもまあ、ラナとルージット氏はそりゃあもう盛り上がった。横で聞いていて若干妬いてしまいそうなほど。楽しそうなラナを眺めて気持ちをごまかすしかない。

「そういえば、ライヴァーグ夫人は旦那様とどのように出会ったんですか？」

「「え」」

話もひと段落ついて、そろそろ終わるか？　と思ったら、突然ぶっ込んできたぞ。

「こんなにたくさんネタを頂いたのですが、ご自身の体験談を混ぜながら書いてみるとリアリティも加わっていいと思ったのですが」

「あ、い、いや～、フランと……夫とわたくしの話は参考にならないというか、ちょっと国関係で守秘義務があるというか」

「そ、それは失礼しました」

そうなんだよね。国の恥でもあるし、俺たちの馴れ初めをうっかり書籍にしたら、アレファルドの恥が基本創作物として認識されているロマンス物語小説で、創作とは思われつつ残ってしまうことになる。それはさすがに怒られると思います。

「しかし、私は未婚なのでいつもご一緒のライヴァーグご夫妻の仲睦まじいお姿は羨ましいです。結婚というものに希望を感じられると言いますか。お2人の馴れ初めをロマンス物語小説としてオマージュして出版すれば、よりたくさんの女性がロマンスを感じられるのでは、と思った次第でして……決して貴族の方の秘密を暴こうなどというつもりはありませんので……！」

「ええ、分かっておりますわ。そう思って頂いて嬉しいです。……わたくしも、フランと……夫と出会えたのは本当に幸運だったと思っておりますわ。こんなに素敵な旦那様と巡り会わせてくれた、色々な皆様に感謝しているくらいです」

色々な皆様。とてもやんわりごまかしたが、今は国王になったアレファルドや3馬鹿、リファナ嬢への皮肉もこもっていてすごい。

「ルージットさんの言っていること、本当によく分かりますわ。それに素敵な考え方だと思います。そうですわね、もっとたくさんの方に〝好き〟から生まれる言葉にできないような、尊い感情を感じてもらえたら嬉しいですわ。わたくし、昔――本当に、本当に忙しくて……心がなにも感じなくなってしまったことがあるんですけれど、そうなる前は物語に心を躍らせたものです。疲労が溜まっても、楽しみな物語の続きを読むことを心の支えにしていたほど。できるか分かりませんが、わたくしもそんな物語を書けたらいいと思いますわ。誰かを、ほんの一時でも楽しい気持ちにできるような」

〝しゃちく〟時代の話だろう。そして、ラナの前世では、本当に『守護竜様の愛し子』という物語が好きだったんだな。「設定ガバガバ！」って怒ってた時もあるけど。

「素晴らしい考え方です！　私も全力でお手伝い致します！」

「ええ、改めてよろしくお願いします！　知人の結婚式が秋頃行われるそうなので、その時までに書き上げられるように頑張りますわ！」

「よろしくお願いします！」

ラナの元気のいい返事を聞きながら、ファーラと目が合う。ニコッと笑うファーラに、微笑み返す。そうだね、ラナならきっと、素敵な物語を生み出してくれることだろう。

帰国して、クラナを含めた子どもたちにお給金を支払う。

今回のお給金はあまりにも高額になってしまったので、ラナと相談して今後は児童養護施設の維持費や食費も自分たちで賄(まかな)うように指導することにした。

今までは俺たちとレグルスが食料や消耗品を買って与えていたが、自分たちでこれだけ稼げるのだから、これからは自分たちですべて管理していくこともできるだろう。

まあ、勉強をサボっていたシータルとアルは青ざめていたが、クラナとクオンとニータンがいるので大丈夫だろう、多分。ニータンは計算得意だしね。なんならその話をしたら、すぐに俺に「施設の共有財産が必要だと思うんだけれど、一度もらったお給金を集めて労働に応じて再配分した方がいいですよね？　シータルとアルとアメリーは牧場の仕事をサボっていたから、同じ金額をもらうのは納得いかない」とチクって……いや、相談してきた。

ごもっともだと思います。

それに、ニータンは敬語もかなり上手くなったなぁ。白紙の本を買って、帳簿のつけ方を教えてあげることにするとはにかんでいた。最初はただただ生意気だったが、最近笑顔も見せてくれる。結構心を許してくれたのだろうか。なかなか懐かない猫が懐いてくれたみたいで、可愛いと思う。……クールガンより可愛げがあるのでは？

それと、クラナだ。

ファーラが言っていた――クラナがダージスにプロポーズされるのを待っていると聞いて、ダージスを呼び出して詳しく聞いてみることにした。とりあえずダージスは床に正座である。

詳しく聞いてみると実際、結婚したいね、という話はお互いに出ているらしい。ダージスの実家の家族も『緑竜セルジジオス』に来ており、今はクーロウさんの屋敷で使用人として働かせてもらっているらしい。うちの牧場から東の方、温泉事情で開発が開始されたおかげで、『青竜アルセジオス』との交渉を手伝っているそうだ。

実はダージスも『ダガン村』の生き残りたちと共に国境付近に家を建て、交渉の手伝いを本格的にやって欲しい、とクーロウさんに打診されているらしい。元貴族だもんね。俺が面倒くさがっているし。実際なんだかんだ人望はあるので、『青竜アルセジオス』と『緑竜セルジジオス』に適材のような気もする。

あと数年もすれば『ダガン村』付近はクールガンが領主になるので、『青竜アルセジオス』との交渉はやりやすくなるだろうし。……なるかなぁ？

そんな感じでダージスの将来がそれなりに明るそうなのは、クラナを嫁にする上で安心材料ではあるのだが――ダージス自身の表情がそうでもない。

「なにか他に悩みでもあるの？」

『緑竜セルジジオス』の市民権ももらったし、家を建てる土地もクーロウさんとドゥルトーニル伯に好きなところを選んでいいと、言ってもらったんだが」

「うん」

「貴族の気分が抜けていない俺の両親が、庭つきの屋敷を建てたいと言っているんだ。使用人も雇って、以前のような生活に戻れる——戻りたいって。でもクラナの想像する新居は、畑つきの民家だ。平民が暮らすような。俺の両親と同居するのは構わないって言ってるんだけど、貴族感覚が抜けない母さんは『妻たるもの家を管理して守るもの』って思ってて、クラナが働きに出かけるのを、きっと理解してくれないと思うし……」

「ああ、なるほどね……。クーロウさんも一応貴族として暮らしてるから、その感覚の差で一緒に暮らすのは良くないね」

「だ、だろう？　だから両親とは別居するつもりなんだけど、クラナは優しいから『ダージスさんのご両親と一緒に暮らしたいです』って言ってくれるんだよ……！　『赤竜三島ヘルディオス』で、親に捨てられたクラナは、両親ってやつに憧れがあるらしくって！　でも、俺の両親と暮らして上手くいく未来が見えないんだよ‼　俺の両親、結構ゆるいけどさぁ！」

「あ、ああ……なるほど、ねぇ……それは……んん……」

まさかダージスの言うことに納得するとは思わなかった。その時、２階からラナが肩かけを羽織(はお)って下りてきた。手にはカップ。飲み物を取りに下りてきたのかな？

「俺が淹れようか？」

「ありがとう。じゃあ蜂蜜(はちみつ)ミルクでお願い。で、夕飯後に話があるってダージスを引き留めて、なにか聞き出せたの？」

ラナには今夜、ダージスからクラナとの結婚について聞いてみるつもり、と話していたので執筆の合間に様子を見に来たんだろう。少し温めたヤギミルクに、蜂蜜を垂らしてかき混ぜる。

蜂蜜は今、南西の森の一部を広げて養蜂(ようほう)を開始した。蜜蜂(みつばち)がちゃんと入ってくれたので、夏の終わりに蜂蜜が取れるといいなあ、って感じだ。

蜂蜜酒を作れるかどうかは、その採れた蜂蜜の量によるよね。

ダイニングのテーブルに腰かけたラナに蜂蜜ミルクを手渡すと、ダージスが俺にした相談をラナにも説明しているところだった。ラナはそれを聞いて、俺と同じ表情になっている。悲しいが、納得の理由だったので仕方ない。

「クラナって結構頑固(がんこ)だものね～」

「そうなんだよ。結構ちゃんと説明してるし、両親にも会わせたことはあるんだけど……絶妙に会話がすれ違うんだよ……！」

「な、なるほどね。でも、それならもっと会う機会を増やして、互いの価値観のすり合わせをした方がいいわ。クラナの言ってることも分かるもの」

そうなんだよね。両親を知らず、年上だからと施設の子どもたちの〝お姉さん〟になったクラナ。きっと親に甘えることもなかっただろう。だから結婚相手の親に、そういうものを求めたくなる気持ちも仕方ないのかな。だからラナの言う通り、ダージスは自分の両親とクラナをもっと会わせて、価値観のずれを修正していくしかないよね。

「会う機会を増やす……か。でも、どうやって」

「それは自分で考えなさいよ。食事を一緒に摂るようにするとか」

「で、でもクラナはここに子どもらと一緒に朝食と夕飯を摂りに来るじゃないか」

「だーかーらー、『エクシの町』の食堂で食べるとかよ」

「無理だって！　母さんは平民の食堂なんて行こうとしない！」

ダージスがダージスなら両親も両親だな。面倒くさいところがそっくりである。

「それならうちのカフェに連れてきたらいいでしょ！　うちのカフェなら手頃なお値段でいいもの食べられるし、クラナはカフェの店員として働いてるから会話もゆっくりできるわよ」

「な、なるほど！　じゃあ明日聞いてみる」

「はいはい。ご来店お待ちしてるわ」

さらっと自分のカフェを宣伝している。やはりラナさんは天才では？　天才だった。

「あー！　相談したら腹減ってきた～！　これで俺の両親とクラナが仲良くなっていってくれたら、いよいよ結婚だよな！　結婚式はこの牧場カフェを貸し切って、大々的にやらせてもらってもいいよな⁉　クラナもその方が喜ぶと思うしさ！　なっ⁉」

「気が早いわねぇ。……。でもそれなら私とフランが先に式を挙げるわ。クラナとダージスに先を越されるの、なんか癪だもの」

「え⁉　お前らってまだ式挙げてなかったのか⁉　結婚してもう1年以上経ってるのに⁉」

ダージスが驚くのも無理はない。普通貴族――特に『青竜アルセジオス』の自己主張が強い貴族令嬢は、結婚＝結婚式だ。式はド派手にやるのが通例。

ましてラナは元公爵令嬢で、本来であれば国母として国中から祝われるような結婚式を挙げるはずだった。それなのに、国外追放と仮初の結婚。式を挙げる余裕もなかった。

でも今なら資金的な問題はないし、時間の調整も無理じゃない。ダージスに先を越されるのは確かに癪だし、ファーラが俺たちの結婚式の計画を立ててると言っていたから、いっそ自分たちで先に計画した方がいいかも……？

ラナも、結婚式を挙げるのは吝かではないって表情だし。

俺もラナのウェディングドレス姿を、見てみたいし……。

「そんなん、お前らが先に式を挙げるのは当たり前だろう⁉　飛行船だの東区開発だの、もっと忙しくなる前に挙げておけよ！」

「う、うるさいわね、言われなくても挙げるわよ！　ね！　フラン！」

「う、うん。そうだね。……ラナのウェディングドレス、見てみたいし」

「そ、そんなこと言われたら私だってフランのタキシード姿見てみたいわよ。えっと、じゃあ、準備期間にどれくらい必要とか、カールレートさんの結婚式と被らないように相談しながら、いつ頃挙げられそうか検討しましょう……？」

「う、うん、そうだね」

だんだんと、ラナとの結婚式の話が現実味を帯びてくる。竜石道具の開発も、竜石職人学校の方に丸投げすれば俺に余裕ができるし、準備、頑張っちゃおうかな。

「でも、今夜はそろそろ寝るわ。執筆の方もちょっと詰まっちゃったし……」

「ロマンス物語書いてるんだっけ？　エラーナ嬢はホンット多才だな」

「でも本当に難しいわ。先の展開も全部決まっているのに、なかなか書けないの。やっと10ページよ。何ページになるのか分からないけれど、先が思いやられるわ」

カップを持ち上げ、階段の方に向かうラナについていく。

普段の仕事に加えて執筆作業。ラナはついつい、頑張りすぎてしまうから、心配だよ。

「あら？　フラン、どうしてついてきたの？」

「ちゃんと寝るか確認しようかと思って」

「ギクッ」

分かりやすく目を見開いて、肩を跳ねさせるラナ。寝ると言っておきながら、やっぱり他の仕事をやるつもりだったな？

「ラナさん」

「ね、寝ます。ちゃんと寝ます」

「そうして。ダージスは——もう遅いからダイニングのソファーに寝かせるから、鍵ちゃんと閉めてね？」

「わ、分かりましたー。ちゃんと鍵は閉めるわ。……でも、その……」

「なぁに？」

言いづらそうに目を背けながら、口ごもるラナ。唇を尖らせて、可愛いかよ。

……触れ合う機会も多少は増えて、そう簡単にラナの可愛さに昇天しなくなったと思うんだけれど、ラナが可愛いのは可愛いんだよ。

「『黄竜メシレジンス』で私が言ったこと覚えてる？　そ、その……」

「え？　……あ」

こ、子作りしようという、アレか！　いや、でも、少なくとも今日は！　ダージスがいるし！

「あ、あの……！」

「でもあの、ほら、私たちって、い、色々不慣れじゃない⁉　異性というものに！」

「うん！」

それは本当にそう。俺はラナのことが好きで、拗らせている自覚がある。急にそんな、ラナに触れるなんて、緊張で吐いて倒れる自信がある。

ラナもそれを分かっててくれているらしく、うんうんと頷いて「そうよね」と言ってくれた。

「あの、だから、それを目指して……寝る前に、ハグをするのは、どうかしら？」

「は、ハグ」

「うん、そう。どうかしら……？」

そう言って、ラナは両手を広げた。俺に向かって。抱き締めるように。

ねだるような表情も、緊張と期待で潤んだ眼差しも、生唾を飲み込んで目を閉じないと胸が張り裂けそうで！

「……うん……がんばる……」

俺も両手を広げて、一歩、歩み寄って抱き合う。トクトク、お互いの鼓動が筒抜けだ。

石鹸のいい匂い。あたたかくて、でも緊張で苦しい。離れがたいし、でも下にダージスを待たせているから、いい加減戻らないと。なにも言わずに来ちゃったし――。

「……おやすみ、ラナ」

「おやすみ、フラン」

「ほんとにちゃんと休んでね」

「わ、分かってるわよ。でも、もう少しだけ書きたい気持ちになってきたのよね。っていうか、フランに、好きの気持ちをもらえたから……書きたい」

体を放すと、慎重にカップを両手で包み、はにかむラナ。創作意欲が湧いてきちゃった？

「ルージットさんにはああ言ったけれど、フランにしか分からない範囲でフランとの思い出を書き残すわ。恥ずかしいけれど、残しておきたいの。この世界には写真も動画もないし、結局お互いに手紙、渡さなかったでしょ？」

「あ、う、うん」

お互いの言いたいことを、手紙に書いて渡そうって言ってたあれだね。ソウダネ。燃やしたね、俺は。あまりにも恥ずかしくて。

「だから、本に書くわ。恥ずかしいけれど……ホンッッットに恥ずかしいけれど！　……フランには、本当に感謝してるから、私の……前世の記憶も思い出した今の私と、思い出す前の私と、全部ひっくるめた……〝私〟の物語を——頑張って書くから、完成したら一番に、読んでね、フラン」

「……っ……そんな風に言われたら断れないよ。もちろん、喜んで。……楽しみにしてるね」

「ええ！」

好きな人の人生に、自分がそれほど関わったっていうのも、光栄で恥ずかしいし嬉しい。

本当にラナは、俺を転がす天才だと思う。

今から心が弾んで、俺の方こそ眠れないかもしれないよね。

あとがき

どうも、古森きりです。皆様の応援のおかげで、原作7巻を書き下ろしさせて頂きました！　この場を借りまして改めて、購入し読んで応援してくださった皆様、ツギクルの担当さんや、引き続き美麗なイラストを描いてくださったゆき哉先生、書籍化に携わってくださった関係者の皆様、そして家族にも御礼を申し上げます。

本当にありがとうございました。

今回のＱＲコード特典（帯の後ろのＱＲコードを読み込むと、特典を読むことができるので、どうぞお試しください！）のラインナップはこちら！

・パン粉の可能性

・ｓｉｄｅ　エラーナ～メシレジンスのお茶会～

今回の特典は茶道の復習もしつつ書いていたんですが「まずい、茶道のネタ全部細かく書くと一万文字を余裕で超える……」と察したのでかなりライトに致しました。興味のある方はぜひ調べてみてくださいませね～。茶道は本当に奥深いので、調べているだけでも楽しいです。

そして、今作はＷＥＢ版にはない『黄竜メシレジンス』編となります。もう少し新婚旅行っぽい話にできればいいのですが、旅行に行くこともないので「旅行ってなにするんだ？」となりました引きこもりです。旅行、行くべきですね、出かけたくないけど。

あと「5巻の時とクラーク王子の話し方が少し違うのは父王がいるからですか？」と校正さんからコメントがあったのですが、クラーク王子のコンセプトが『自由な人』なので5巻の時から時と場所と相手によって話し方も変えています。素の話し方は舌ったらずなんですがエリリエ姫の前だとちょっとカッコつけたりしてるんでその差分もぜひお楽しみください。

ゆき哉先生が描いてくださった書影も口絵も挿絵も本当に美しくて、最初に完成したものを開いた時に素で「美し……」って声が漏れました。本当にいつもありがとうございます。

そして『マンガＰａｒｋ』様で大好評連載中の『追放悪役令嬢の旦那様』(作なつせみ先生)のコミック1巻～5巻も発売中ですのでこちらも合わせてよろしくお願いします！

最後に新刊のご案内をさせてください。宙出版電子書籍レーベル、シェリーＬｏｖｅノベルズ様より『うっかり王子様に金的したら、大陸覇者の国に嫁ぐことになってしまった……』改題『巻き込まれ召喚された身でうっかり王子様に蹴りを入れたら溺愛花嫁として迎えられることになりました』の電子書籍配信をして頂けることになりました。艶のあるタイトルが並ぶ中、「このタイトル並べて頂くの大丈夫ですか？」って心配になりましたが大丈夫だそうですので、加筆分も含めてぜひダウンロードして頂ければ幸いです。よろしくお願いします！

古森でした。

次世代型コンテンツポータルサイト

https://www.tugikuru.jp/

「ツギクル」はWeb発クリエイターの活躍が珍しくなくなった流れを背景に、作家などを目指すクリエイターに最新のIT技術による環境を提供し、Web上での創作活動を支援するサービスです。

作品を投稿あるいは登録することで、アクセス数などの人気指標がランキングで表示されるほか、作品の構成要素、特徴、類似作品情報、文章の読みやすさなど、AIを活用した作品分析を行うことができます。

今後も登録作品からの書籍化を行っていく予定です。

ツギクルAI分析結果

「追放悪役令嬢の旦那様7」のジャンル構成は、ファンタジー、恋愛に続いて、SF、歴史・時代、ミステリー、ホラー、現代文学、青春の順番に要素が多い結果となりました。

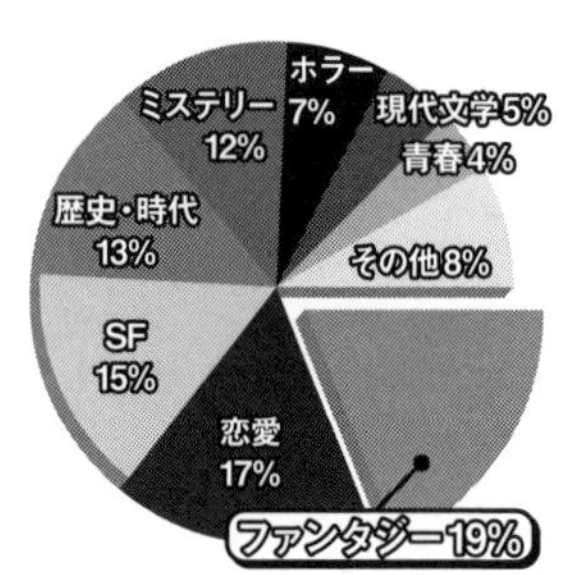

期間限定SS配信

「追放悪役令嬢の旦那様 7」

右記のQRコードを読み込むと、「追放悪役令嬢の旦那様7」のスペシャルストーリーを楽しむことができます。ぜひアクセスしてください。
キャンペーン期間は2024年3月10日までとなっております。

ざまぁされた王子の三度目の人生

著：海野（うみの）はな
イラスト：梅之シイ

前々世で
婚約破棄した元婚約者に 今世で

ひとめぼれ!?

傲慢な王子だった俺・クラウスは、卒業パーティーで婚約破棄を宣言して、鉱山送りにされてしまう。そこでようやく己の過ちに気が付いたがもう遅い。毎日汗水たらして働き、一度目の人生を終える。
二度目は孤児に生まれ、三度目でまた同じ王子に生まれ変わった俺は、かつての婚約破棄相手にまさかの一瞬で恋に落ちた。
今度こそ良き王になり、彼女を幸せにできるのか……？

これは駄目王子がズタボロになって悟って本気で反省し、三度目の人生でかつての過ちに悶えて黒歴史発作を起こしながら良き王になり、婚約破棄相手を幸せにすべく奔走する物語。

定価1,320円（本体1,200円＋税10%）　978-4-8156-2306-7

https://books.tugikuru.jp/

『飽きた』と書いて異世界に行けたけど、破滅した悪役令嬢の代役でした

Novel
枝豆ずんだ

Illustration
東茉はとり

死んだ公爵令嬢に異世界転移し事件の真相に迫る！

この謎、私が暴いてみせましょう！

コミカライズ企画も進行中！

誰だって、一度は試してみたい『異世界へ行く方法』。それが、ただ紙に『飽きた』と書いて眠るだけなら、お手軽＆暇つぶしには丁度いい。人生に飽きたわけではないけれど、平凡な生活に何か気晴らしをと、木間みどりはささやかな都市伝説を試して眠った。
そうして、目覚めたら本当に異世界！　目の前には顔の良い……自称お兄さま！
どうやら木間みどりは、『婚約者である王太子が平民の少女に心変わりして婚約破棄された末、首を吊った』悪役令嬢の代役として抜擢されたらしい。
舞台から自主撤退された御令嬢の代わりに、「連中に復讐を」と願うお兄さまの顔の良さにつられて、ホイホイと木間みどりは公爵令嬢ライラ・ヘルツィーカとして物語の舞台に上がるのだった。

定価1,320円（本体1,200円＋税10％）　978-4-8156-2273-2

2024年1月、
最新16巻
発売予定！

もふもふを知らなかったら人生の半分は無駄にしていた

1〜15

著／ひつじのはね
イラスト／戸部淑

冒険あり、癒しあり、笑いあり、涙あり

もふもふたちに囲まれた
異世界スローライフ！

魂の修復のために異世界に転生したユータ。異世界で再スタートすると、
ユータの素直で可愛らしい様子に周りの大人たちはメロメロ。おまけに妖精たちがやってきて、
魔法を教えてもらえることに。いろんなチートを身につけて、目指せ最強への道？？
いえいえ、目指すはもふもふたちと過ごす、
穏やかで厳しい田舎ライフです！

**転生少年ともふもふが織りなす
異世界ファンタジー、開幕！**

定価1,320円（本体1,200円＋税10％）　ISBN978-4-8156-0334-2

愛読者アンケートに回答してカバーイラストをダウンロード！

愛読者アンケートや本書に関するご意見、古森きり先生、ゆき哉先生へのファンレターは、下記のURLまたは右のQRコードよりアクセスしてください。
アンケートにご回答いただくとカバーイラストの画像データがダウンロードできますので、壁紙などでご使用ください。
https://books.tugikuru.jp/q/202309/tsuihouakuyakureijo7.html

本書は、「小説家になろう」（https://syosetu.com/）に掲載された作品を加筆・改稿のうえ書籍化したものです。

追放悪役令嬢の旦那様7

2023年9月25日　初版第1刷発行

著者　古森きり

発行人　宇草 亮
発行所　ツギクル株式会社
〒106-0032　東京都港区六本木2-4-5
TEL 03-5549-1184
発売元　SBクリエイティブ株式会社
〒106-0032　東京都港区六本木2-4-5
TEL 03-5549-1201

イラスト　ゆき哉
装丁　株式会社エストール

印刷・製本　中央精版印刷株式会社

ISBN978-4-8156-2289-3
Printed in Japan